Robert Walser, 1878 in Biel in der Schweiz geboren, lebte als junger Dichter und Kommis in Zürich und anderen Städten seiner Heimat, dann als freier Schriftsteller in Berlin, wiederum in Biel und schließlich in Bern. Er starb 1956, nach Jahrzehnten stiller Zurückgezogenheit als Anstaltspatient.
Mit diesen angeblich aus dem Nachlaß eines verstorbenen Schülers herausgegebenen Aufsätzen, die 1904 im Insel Verlag erschienen sind, begann die schriftstellerische Laufbahn des damals 26jährigen Robert Walser. Dieses Buch war auch das erste, das Walsers Bruder Karl, berühmter Zeichner der zwanziger Jahre, illustrierte.

insel taschenbuch 2417

Robert Walser

Fritz Kochers Aufsätze

Robert Walser
Fritz Kochers Aufsätze

Mit Illustrationen von
Karl Walser

Nachwort von
Jochen Greven

Insel Verlag

insel taschenbuch 2417
Erste Auflage 2001
Mit Genehmigung der Inhaberin der Rechte,
der Carl Seelig-Stiftung Zürich
Suhrkamp Verlag Zürich 1978 und 1985

Hinweise zu dieser Ausgabe am Schluß des Bandes
Vertrieb durch den Suhrkamp Taschenbuch Verlag
Umschlag nach Entwürfen von Willy Fleckhaus
Druck: Friedrich Pustet, Regensburg
Printed in Germany

1 2 3 4 5 6 – 06 05 04 03 02 01

Fritz Kochers Aufsätze

Einleitung

Der Knabe, der diese Aufsätze geschrieben hat, ist kurz nach seinem Austritt aus der Schule gestorben. Ich hatte einige Mühe, seine Mutter, eine verehrenswürdige, liebe Dame, zu bewegen, mir die Stücke zur Veröffentlichung zu überlassen. Sie hing begreiflicherweise sehr an den Blättern, die ihr eine wehmütig-süße Erinnerung an den Sohn sein mußten. Nur die Versicherung meinerseits, daß ich die Aufsätze ganz unverändert, so wie ihr Fritz sie geschrieben, drucken lassen wolle, gab sie mir endlich in die Hände. Sie mögen vielen an vielen Stellen unknabenhaft und an vielen andern Stellen zu knabenhaft erscheinen. Aber ich bitte, zu bedenken, daß meine Hand daran nichts geändert hat. Ein Knabe kann sehr weise und sehr töricht fast im selben Moment reden: so die Aufsätze. Ich verabschiedete mich von des Knaben Mutter mit so artigem Dank, als ich aufbringen konnte. Sie hat mir allerlei Züge aus dem Leben des Burschen erzählt, die mit den Zügen seiner Schularbeiten, die hier vorliegen, anmutig übereinstimmen. Er hat früh sterben müssen, der lustige und ernste Lacher. Seine Augen, die gewiß groß und glänzend waren, haben von der großen Welt, nach der er sich hinausgesehnt hat, nichts sehen dürfen. Dafür ist es ihm vergönnt gewesen, in seiner kleinen hell zu sehen, was gewiß der Leser bestätigen wird, wenn er die Aufsätze liest. Adieu, mein Kleiner! Adieu, Leser!

Der Mensch

Der Mensch ist ein feinfühliges Wesen. Er hat nur zwei Beine, aber ein Herz, worin sich ein Heer von Gedanken und Empfindungen wohlgefällt. Man könnte den Menschen mit einem wohlangelegten Lustgarten vergleichen, wenn unser Lehrer dergleichen Anspielungen erlaubte. Der Mensch dichtet zuweilen und in diesem höchsten edelsten Zustand nennt man ihn einen Dichter. Wenn wir alle wären, wie wir sein sollten, nämlich, wie es Gott uns gebietet, zu sein, so waren wir unendlich glücklich. Leider geben wir uns mit unnützen Leidenschaften ab, die nur zu bald unser Wohlbefinden untergraben und unserm Glück ein Ende machen. Der Mensch soll in allen Dingen über seinem Kollegen, dem Tier, stehen. Aber sogar ein dummer Schüler kann täglich Menschen beobachten, die sich benehmen, als wenn sie unvernünftige Tiere wären. Die Trunksucht ist eine bildhäßliche Sache: warum ergibt sich der Mensch ihr? Offenbar, weil er bisweilen die Notdurft verspürt, seinen Verstand in den Träumen zu ertränken, die in jeder Art Alkohol schwimmen. Solche

Feigheit ziemt einem so unvollkommenen Ding, wie der Mensch ist. Wir sind in allem unvollkommen. Unsere Unzulänglichkeit erstreckt sich auf alle Unternehmungen, die wir betreiben und die so herrlich wären, wenn sie nicht von der bloßen Habgier ausgingen. Warum müssen wir so sein? Ich habe einmal ein Glas Bier getrunken, aber ich werde nie mehr wieder eins trinken. Wozu führt das? Zu edlen Bestrebungen gewiß nicht. Hier verspreche ich es laut: ich will ein braver zuverlässiger Mensch werden. An mir soll alles Große und Schöne einen ebenso warmen Nachahmer als Beschützer finden. Ich schwärme heimlich für die Kunst. Aber seit eben diesem Augenblick schon nicht mehr heimlich, denn jetzt hat es meine Unbefangenheit ausgeplaudert. Mag ich dafür exemplarisch bestraft werden. Was hindert eine edle Denkungsart am frei Bekennen? Nichts jedenfalls weniger als in Aussicht gestellte Prügel. Was sind Prügel? Vogelscheuchen, die Sklaven und Hunde schrecken. Mich schreckt nur ein Gespenst: die Niedrigkeit. Ach, ich will so hoch steigen, als es einem Menschen vergönnt ist. Ich will berühmt werden. Ich will schöne Frauen kennen lernen und sie lieben und von ihnen geliebt und gehätschelt sein. Nichtsdestoweniger werde ich nichts von elementarer

Kraft (Schöpfungskraft) einbüßen, vielmehr werde und will ich von Tag zu Tag stärker werden, freier, edler, reicher, berühmter, kühner und tollkühner. Für diesen Stil habe ich eine Fünf verdient. Aber ich erkläre: Dies ist dennoch mein bester Aufsatz, den ich jemals geschrieben habe. Alle seine Worte kommen aus dem Herzen. Wie schön ist es doch, ein zitterndes empfindliches wählerisches Herz zu haben. Das ist das Schönste am Menschen. Ein Mensch, der sein Herz nicht zu bewahren weiß, ist unklug, denn er beraubt sich einer unendlichen Quelle süßer unversiegender Macht, eines Reichtums, den er vor allen Geschöpfen der Erde voraus hat, einer Fülle, einer Wärme, die er, wenn er Mensch bleiben will, nie wird entbehren können. Ein herzlicher Mensch ist nicht nur der beste, sondern auch der klügste Mensch, denn er hat etwas, was ihm keine noch so geschäftige Klugheit geben kann. Ich wiederhole noch einmal, ich will mich nie betrinken; will mich nicht auf das Essen freuen, denn das ist garstig; will beten und noch mehr arbeiten, denn mir scheint, das Arbeiten ist schon ein Beten; will fleißig sein, und denen gehorchen, die es verdienen, daß man ihnen gehorcht. Eltern und Lehrer verdienen es ohne Frage. Dies ist mein Aufsatz.

Der Herbst

Wenn der Herbst kommt, fallen die Blätter von den Bäumen an den Boden. Ich müßte es eigentlich so sagen: Wenn die Blätter fallen, ist es Herbst. Ich habe es nötig, mich im Stil zu verbessern. Letztes Mal bekam ich die Note: Stil erbärmlich. Ich gräme mich darüber, aber ich kann es nicht ändern. Der Herbst ist mir lieb. Es wird frischer in der Luft, die Dinge auf der Erde sehen mit einem Male ganz anders aus, die Morgen sind glitzernd und prächtig und die Nächte sind so herrlich kühl. Gleichwohl spazieren wir, bis es sehr spät wird. Der Berg über der Stadt zeigt schöne Farben und man wird traurig, wenn man denkt, daß diese Farben das Zeichen zu einer allgemeinen Farblosigkeit geben. Bald wird Schnee fliegen. Ich liebe auch den Schnee, wenn es auch unangenehm ist, mit kalten nassen Füßen drin lange zu waten. Aber wozu gibt es nachher warme Filzschuhe und geheizte Zimmer? Mich dauern nur die armen Kinder, von denen ich weiß, daß sie zu Hause keine warmen Zimmer haben. Wie schrecklich muß das Herumfrieren sein. Ich würde keine

Aufgaben machen, ich würde sterben, ja, trotzig sterben, wenn ich arm wäre. Wie die Bäume jetzt aussehen! Ihre Äste stechen wie feine scharfgeschliffene Degen in die graue Luft, man sieht Raben, die man sonst nie sieht. Man hört keine Vögel mehr singen. Die Natur ist doch herrlich. Wie sie die Farben ändert, das Gewand wechselt, Masken aufsetzt und wieder abnimmt! Es ist wunderschön. Wenn ich ein Maler wäre, und es ist nicht ausgeschlossen, daß ich einer werde, da ja der Mensch seine Bestimmung nicht kennt, so würde ich am leidenschaftlichsten ein Herbstmaler. Ich fürchte nur, daß alsdann meine Farben nicht ausreichen werden. Vielleicht verstehe ich das noch zu wenig. Und warum mir überhaupt wegen etwas Sorgen machen, das noch erst kommen soll? Mich soll und muß doch nur der Augenblick innig beschäftigen. Wo habe ich diese Worte gehört? Irgendwo muß ich das gehört haben, vielleicht von meinem ältern Bruder, der ein Student ist. Es wird bald Winter werden, Schnee wird wirbeln, ach, wie ich mich darauf freue! Wenn alles so weiß ist, weiß man alles viel besser in der Stunde. Farben erfüllen zu sehr das Gedächtnis mit allerlei krausem Zeug. Farben sind nur ein zu süßer Wirrwarr. Ich liebe das Einfarbige, Eintönige. Schnee ist so ein recht eintöniger Gesang. Warum sollte eine Farbe nicht den Eindruck des Singens machen können! Weiß ist wie ein Murmeln, Flüstern, Beten. Feurige, zum Beispiel Herbstfarben, sind ein Geschrei. Das Grün im Hochsommer ist ein vielstimmiges Singen in den höchsten Tönen. Ist das wahr? Ich weiß nicht, ob das zutrifft. Nun, der Lehrer wird schon so freundlich sein und es korrigieren. – Wie alles in der Welt geht! Jetzt haben wir bald Weihnachten, bis zum Neujahr ist's ein kleiner Schritt, bis zum Frühling auch nur wenige, und so geht alles immer in Schritten vorwärts. Ein Narr wäre man, wenn man sie zählen wollte. Ich rechne nicht gern. Im Rechnen bin ich schlecht, wenn ich auch ziemlich gute Noten habe. Ich werde nie ein Kaufmann werden, ich fühle das. Wenn mich nur meine Eltern zu keinem Kaufmann geben! Ich würde davonlaufen, und was hätten sie dann? Habe ich nun aber auch genügend vom Herbst gesprochen? Ich habe viel vom Schnee gefaselt. Das wird eine schöne Note ins Zeugnis geben, dieses Quartal. Noten sind eine dumme Einrichtung. Im Singen habe ich die Note eins und ich singe doch keinen Ton. Wie kommt das? Man sollte uns lieber Äpfel geben, statt Noten. Aber da würden schließlich doch zu viele Äpfel verteilt werden müssen. Ach!

Die Feuersbrunst

Über die nachtdunkle Wiese schreitet ein einsamer Wanderer. Die Sterne, die über ihm leuchten, sind seine Begleiter. Er geht sinnend, plötzlich bemerkt er über seinem Kopf eine dunkle Röte am Himmel. Er hält still, besinnt sich und kehrt auf dem Wege, den er soeben gekommen, in die Stadt zurück: er weiß, Feuer ist ausgebrochen. Er beschleunigt seine Schritte, doch ist er zu weit von der Stadt entfernt, daß er eins zwei dort sein könnte. Wir lassen ihn schrittwechseln und sehen, wie sich die Bewohner der Stadt zu dem Feuer verhalten, das in ihrer Mitte schauerlich ausgebrochen ist. Ein Mann ist durch die stillen Gassen gesprungen und hat die Schläfer mit vielem Hornblasen geweckt. Jedermann erkennt den eigentümlich grausigen Ton des Feuerhorns. Alles, was aufspringen kann, springt auf, zieht sich an, reibt sich die Augen, besinnt sich, treibt sich auf die Beine und springt dann durch die Gassen, die unterdessen lebendig geworden sind, der Brandstätte zu. Diese befindet sich an der Hauptstraße und ist eines der bedeutendsten Häuser der Gemeinde. Das Feuer greift wild um sich. Es ist, als ob es hundert glatte sprunghafte Arme hätte. Die Feuerwehr ist noch nicht auf dem Posten. Die Feuerwehr ist überall langsam, besonders aber in unserer Stadt. Nun sollte sie aber denn doch lieber da sein, es wird ängstlich. Das Feuer, das wie alle wilden Elemente, keine Besinnung hat, tut ganz verrückt. Warum sind noch die zügelnden Menschenhände nicht in der Nähe? Müssen denn gerade in solcher Schreckensnacht die Leute am lässigsten sein? Es stehen viel Menschen auf dem Platz. Wahrhaftig, ich und der Lehrer und alles, was nur zur Klasse gehört, ist da. Es staunt und gafft alles. – Jetzt endlich langt die Feuerwehr schlaftrunken, wie es scheint, an und beginnt ihre Verrichtungen. Diese bestehen vorläufig in einem recht unnützen Hin- und Herrennen und Hin- und Herrufen. Was soll all das Geschrei? Ein Befehl und ein stummes Gehorchen, das wäre doch viel besser. Das Feuer ist ein rasendes Feuer geworden. Weshalb hat man ihm müssen Zeit lassen, ein rasendes Feuer zu werden? Es frißt, es reißt, es zischt, es wütet, es ist wie ein glühender rotgefärbter Trunkenbold, der alles verwüstet und zertrümmert, was er nur ergreifen kann. Das Haus geht jedenfalls zugrunde. All die schönen kostbaren Waren, die darin aufge-

häuft liegen, verbrennen: gleichviel, wenn nur keine Menschen zugrunde gehen. Aber es scheint fast, als sollte das Schrecklichste wahr werden. Eine Mädchenstimme schreit aus dem Rauch und Flammengeloder heraus. Du armes

Mädchen! Die Mutter sinkt unten in der Straße in Ohnmacht. Ein Handlungsreisender hält sie. O wenn ich doch stark und groß wäre! Wie gerne würde ich den Flammen Trotz bieten und zu dem Mädchen als ein rettender Held hineinspringen! Ist kein Held da? Jetzt wäre Gelegenheit, sich als ein braver mutiger Mensch zu zeigen. Aber was ist das? Ein junger schlanker Mann in dürftiger Kleidung hat schon die Sprossen einer hohen Leiter erstiegen, steigt immer höher, in den Rauch, in die Glut hinein, wird wieder auf einen Moment fürchterlich sichtbar, verschwindet wieder und kehrt dann – o der Anblick, mit dem Mädchen auf dem einen Arm, und sich mit dem andern vorsichtig festhaltend, auf die Leiter zurück, kommt hinunter und gibt der Mutter, die unterdessen sich etwas erholt hat, die Tochter, die nun fast in Umarmungen erstickt wird, wieder. Welch ein Moment! O hätte ich der brave tapfere Mann sein können! O so ein Mann zu sein, so ein Mann zu werden! Das Haus brennt ganz nieder. Auf der Straße halten sich Mutter und Tochter umschlungen und der sie ihr gerettet hat, ist spurlos verschwunden.

Freundschaft

Welch eine kostbare Blume ist die Freundschaft. Ohne sie kann selbst ein starker Mensch nicht lange leben. Das Herz muß ein verwandtes vertrautes Herz haben, so ein Waldplätzchen, wo sich's ruhen und liegen und plaudern läßt. Man kann seinen Freund nie genug schätzen, wenn er ein wahrer Freund ist, und nicht schnell genug fliehen, wenn er uns als Freund betrügt. O es gibt falsche Freunde, deren Streben einzig darin besteht, zu verwunden, zu verletzen, zu zerstören! Es gibt Menschen, die nur deshalb so eifrig bemüht sind, unsere Freunde zu scheinen, um uns desto sorgloser und tiefer kränken und schaden zu können. Ich kenne keinen solchen Freund, aber ich kenne sie aus Büchern, deren Sprache gewiß wahr ist, da sie herzlich und verständlich geschrieben sind. Ich habe einen Freund, ich will ihn nicht nennen. Es genügt, daß ich ihn so sicher den meinigen, ganz den meinigen weiß. Wo gibt es ein Glück, eine Ruhe, ein Genießen, das diesem vergleichbar wäre? Ich kenne keines und keine. Nämlich keine solche Ruhe. Mein Freund denkt gewiß in dieser Stunde an mich, so gewiß, als ich seiner gedenke und erwähne. In seinem Aufsatz spiele ich ebensogut die Hauptrolle, wie er, der Gute, hier in meinem. O solcher Verkehr, solches Bündnis, solches Einverständnis, solches Fassen! Ich fasse es nicht, aber ich lasse es um so ruhiger um mich herum geschehen, als es gut ist und lieb. Wie lieb und gut, kann meine ungeübte Feder nicht ausdrücken. Das sollte ein Schriftsteller von Beruf schreiben, der nähme das anders in die Hand. Es gibt verschiedene Arten von Freundschaften, wie es verschiedene Arten von Treulosigkeit gibt. Man soll nicht eines für das andere nehmen. Man soll nachdenken. Die einen wollen uns betrügen und hintergehen, aber sie können nicht, andere wünschen uns ewig treu zu sein und müssen uns verraten, halb wissentlich, halb ohne ihren Willen. Wieder andere verraten uns, um uns zu zeigen, daß wir uns getäuscht haben, wenn wir sie unsere Freunde wähnten. Ich liebe solche Feinde. Sie lehren uns etwas und sie hinterlassen uns keinen weitern Kummer als die Enttäuschung. Das ist allerdings ein großer Kummer! Wer möchte nicht einen Freund besitzen, den er zugleich lieben und schätzen kann! Beides, lieben und schätzen, sind für die wahre Freundschaft unentbehrliche Empfindungen. Man liebt ein

Spielzeug, man braucht es nicht zu schätzen. Ja, man liebt Dinge, die man verachtet. Den Freund kann man nicht lieben und zugleich gering schätzen. Das geht nicht, wenigstens nicht nach meinen Empfindungen. Gegenseitige Achtung ist die Erde, in der eine so zarte Pflanze nur wachsen kann. Ich will lieber gehaßt als verachtet sein, lieber nicht geliebt, als so geliebt sein, wie man ist, wenn man zugleich mißachtet wird. Nichts kränkt einen edlen Menschen mehr als Mißachtung. Ein edler Mensch hat nur edle Menschen zu Freunden, und edle Freunde sagen es einem, wenn sie uns nicht mehr zu schätzen vermögen. Wahre Freundschaft ist demnach eine Schule der schönen und feinen Gesinnung. Und sich in dergleichen üben, ist ein Vergnügen, das über zehn, ja hundert andere Vergnügen hinausragt. O ich bin voll des Bewußtseins der Süßigkeit edler Freundschaft. Noch eins: spaßhafte und lächerliche Menschen haben Mühe, sich Freunde zu erwerben. Man traut ihnen nicht, und wenn sie Spötter sind, sind sie auch kein Vertrauen wert.

Armut

Arm ist man, wenn man mit zerrissener Jacke in die Schule kommt. Wer wollte dem widersprechen? Wir haben in unserer Klasse mehrere arme Knaben. Sie tragen zerfetzte Kleider, frieren an ihren Händen, haben unschöne, schmutzige Gesichter und unsaubere Manieren. Der Lehrer behandelt sie rauher als uns und er hat recht. Ein Lehrer weiß, was er tut. Ich möchte nicht arm sein, ich würde mich totschämen. Warum ist Armut eine solche Schande? Ich weiß es nicht. Meine Eltern sind wohlhabend. Papa hat Wagen und Pferde. Wenn er arm wäre, könnte er das nicht haben. Ich sehe oft auf der Straße arme zerlumpte Frauen, und sie dauern mich. Arme Männer rufen dagegen eine gewisse Entrüstung in mir wach. Armut und Schmutz steht den Männern schlecht und ich habe kein Mitleid mit einem armen Manne. Für arme Frauen habe ich eine Art Vorliebe. Sie können so schön um eine Gabe bitten. Die Männer, die betteln, sind häßlich und verlegen und deshalb verabscheuungswürdig. Es gibt nichts Häßlicheres als Betteln. Jede Art Bettelei zeugt von einem unsoliden unstolzen, ja sogar unredlichen Charakter. Ich möchte lieber auf der Stelle sterben, als den Mund zu einer ungeziemenden Bitte auftun. Es gibt ein Bitten, das über alles schön und stolz ist: jemand, den man liebt und den man gekränkt hat, um Verzeihung bitten. Zum Beispiel: Die Mutter. Seinen Fehler eingestehen und ihn durch eine demütige Haltung gutmachen, ist nichts weniger als verächtlich, sondern notwendig. Um Brot oder Hilfe betteln ist schlecht. Warum muß es arme Leute geben, die nichts zu essen haben? Ich finde, es ist eines Menschen unwürdig, seinen Mitmenschen um Nahrung oder Kleidung anzugehen. Notleiden müssen ist ebenso schrecklich wie verächtlich. Der Lehrer lächelt über meine Aufsätze, und wenn er dieses lesen wird, wird er doppelt lächeln. Was tut das! Arm sein? Heißt das, kein Vermögen haben? Ja, und Vermögen ist so notwendig zum Leben, wie atmen zum Springen. Wer außer Atem kommt, fällt auf der Straße um und man muß ihm beispringen. Möge man mir nur nie beispringen müssen! Die Armut habe ein Gutes, habe ich in Büchern gelesen, sie mache den Sinn der Reichen mildtätig. Aber ich sage, da ich doch auch meine eigene Stimme habe: sie macht ihn nur hart und grausam. Denn das Bewußtsein in den

Herzen der reichen Leute, andere Menschen leiden zu sehen und es in seiner Macht wissen, ihre Lage verbessern zu können, macht sie hochmütig. Mein Vater ist mild und herzlich, gerecht und heiter, aber gegen arme Leute ist er hart und barsch, und alles, nur nicht milde. Er schreit sie an, und man merkt es, sie ärgern und belästigen ihn. Er spricht mit Ekel und mit einer Beimischung von Haß von ihnen. Nein, Armut hat nichts Gutes zum Gefolge. Armut macht die meisten Menschen trübe und unfreundlich. Ich liebe die armen Knaben in unserer Klasse deshalb nicht, weil ich fühle, daß sie mit Neid meine hübsche Kleidung betrachten und mit Schadenlust meine Mißerfolge in der Stunde. Sie können nie meine Freunde werden. Ich fühle nichts für sie, weil ich sie bedaure. Ich achte sie nicht, weil sie mich ohne Ursache feindlich ansehen. Und haben sie Ursache – – ja, da ist leider die Stunde schon aus.

Die Schule

»Über den Nutzen und die Notwendigkeit der Schule« so lautet das Thema an der Wandtafel. Ich behaupte, die Schule ist nützlich. Sie behält mich sechs bis acht Stunden im Tag zwischen ihren eisernen oder hölzernen Klauen (Schulbänke) und behütet meinen Geist, in Liederlichkeiten auszuarten. Ich muß lernen, das ist vortrefflich. Sie bereitet mich auf das bevorstehende öffentliche Leben vor: das ist noch besser. Sie ist da und ich liebe und verehre Tatsachen. Ich gehe gern zur Schule und verlasse sie gern. Das ist die schönste Abwechslung, die ein unnützer Schlingel verlangen kann. In der Schule wird ein Maßstab an jedermanns Kenntnisse gelegt. Jetzt gelten keine Unterschiede mehr. Der ärmste Bengel hat das Recht, am reichsten an Kenntnissen und Begabung zu sein. Niemand, nicht einmal der Lehrer, wehrt ihm, sich auszuzeichnen. Alles hat Respekt vor ihm, wenn er glänzt; alles schämt sich seiner, wenn er unwissend ist. Ich finde, das ist eine hübsche Einrichtung, so den Ehrgeiz zu reizen und einem zu gestatten, um die Bewunderung der Kameraden zu buhlen. Ich bin fürchterlich ehrgeizig. Nichts beglückt so sehr meine Seele, als das Gefühl, den Lehrer mit einer klugen Antwort überrascht zu haben. Ich weiß, daß ich einer der besten Schüler bin, aber ich zittere beständig vor dem Gedanken, daß ein noch Geschickterer mich überflügeln könnte. Dieser Gedanke ist heiß und aufregend wie die Hölle. Das ist der schöne Nutzen der Schule, sie strengt an, sie regt auf, sie setzt in Schwung, sie hätschelt die Einbildungskraft, sie ist der Vorsaal, gleichsam das Wartezimmer zum Leben. Nichts, das besteht, ist nutzlos. Die Schule am allerwenigsten ist es. Nur faule und deswegen oft bestrafte Schüler können zu dieser Idee kommen. Mich wundert überhaupt, daß man uns eine solche Frage vorlegt. Schüler können eigentlich nicht über den Nutzen und die Notwendigkeit der Schule, in der sie selbst noch stecken, reden. Ober so etwas sollten ältere Leute schreiben. Etwa der Lehrer selbst, oder mein Vater, den ich für einen weisen Mann halte. Die Gegenwart, die einen singend und lärmend umgibt, ist in keine genügende Form schriftlich zu fassen. Man kann allerlei plappern, ja; ob aber das Mischmasch (ich verzeihe mir die Ungezogenheit, womit ich meine Arbeit tituliere), das man schreibt, etwas spricht und bedeutet, ist eine Frage. Die Schule ist mir lieb. Ich gebe mir Mühe, das gutwillig zu lieben, das mir einmal aufgedrungen ist, und von dessen Notwendigkeit man mich von allen Seiten stumm überzeugt hat. Die Schule ist das unentbehrliche Halsband der Jugend, und ich gestehe, der Schmuck ist ein kostbarer. Wie würde man den Eltern, den Handwerkern, den Passanten auf der Straße, den Besitzern von Kaufläden zur Last fallen, wenn man nicht in die Schule gehen müßte! Womit wollte man sich die Zeit vertreiben, wenn nicht mit Aufgaben! Streiche zu verüben. Ja, wirklich, die Schule ist eine süße Einrichtung. Ich beklage es keineswegs, ihr anzugehören, sondern ich beglückwünsche mich von Herzen. Alle klugen und wahrheitsliebenden Schüler müssen so oder ganz ähnlich sprechen. Vom Nutzen einer Sache sprechen zu wollen, die notwendig ist, ist überflüssig, da alles Notwendige unbedingt nützlich ist.

Höflichkeit

Nichts wäre langweiliger, als wenn man nicht höflich zueinander wäre. Die Höflichkeit ist für gesittete Menschen ein Vergnügen, und am Grad und an der Art seiner Höflichkeit erkennt man das Wesen eines Menschen wie von einem Spiegel zurückgeworfen. Wie schrecklich wäre es, wenn die Menschen aneinander vorbeigingen, ohne sich zu grüßen, oder wenn man den Hut nicht abzunehmen brauchte beim Eintritt in eine Stube, oder wenn man Eltern und Lehrern den Rücken kehren dürfte, wenn sie zu einem sprechen. Es wäre wahrscheinlich nicht zum Aushalten. Ohne Höflichkeit gäbe es keine Gesellschaft und ohne Gesellschaft kein Leben. Kein Zweifel: wenn nur zwei- oder dreihundert Menschen verstreut auf der Erde lebten, wäre die Höflichkeit überflüssig. Wir leben aber so eng beieinander, beinahe übereinander, daß wir keinen Tag ohne die Form artigen Entgegenkommens würden auskommen können. Wie unterhaltend sind die Regeln, denen man sich, will man ein Mensch unter Menschen sein, zu unterwerfen hat! Da ist keine Vorschrift, die nicht ihren Reiz hätte. Im Reich der Höflichkeit prickelt alles von feinen zierlichen Gängen, Straßen, Engpässen und Wendungen. Auch schauerliche Abgründe gibt es da, schauerlicher, als sie in den Hochgebirgen sind. Wie leicht, wenn man ungeschickt oder trotzig ist, kann man hineinfallen; und andererseits, wie sicher geht man auf den schmalen Wegen umher, wenn man gehörig aufmerksam ist. Freilich: Augen und Ohren und Sinne muß man auftun, sonst fällt man sicher. Ich empfinde die Höflichkeit beinahe als etwas Süßes. Ich gehe oft die Straße auf und ab nur in der Absicht, einen Bekannten von meinen Eltern anzutreffen, um ihn grüßen zu können. Ob das Lüften meines Hutes graziös ist, weiß ich wahrlich nicht. Genug, wenn es mir Vergnügen macht, überhaupt zu grüßen. Reizend ist's, wenn man von erwachsenen Personen freundlich gegrüßt wird. Wie herrlich ist es, vor einer Dame den Hut abzunehmen und von ihren Augen liebreich angeblickt zu werden. Damen haben so gütige Augen, und das Nicken ihres Kopfes ist ein überaus lieblicher Dank für eine so geringe Arbeit, wie das Hutabnehmen ist. Lehrer soll man von weitem grüßen. Aber es steht Lehrern an, ebenfalls zu grüßen, wenn man sie grüßt. Sie setzen sich nur in der Wertschätzung ihrer

Schüler herab, wenn sie meinen, ihren Wert dadurch erkennen zu geben, daß sie unhöflich sind. Höflichkeit fragt nicht nach dem Unterschied im Alter, sondern genügt sich einfach selber. Wer nicht höflich ist, wird es gegenüber niemand sein, und wem es Vergnügen macht, höflich zu sein, dem gewährt es ein noch viel größeres, es vor jedermann zu sein. Je bedeutender und größer der Höfliche ist, desto mehr Wohlwollen hat seine Artigkeit. Von einem großen und einflußreichen Mann freundlich gegrüßt zu sein, ist ein wahrer Genuß. Große Leute müssen ja auch einmal klein gewesen sein, und daß sie jetzt groß sind, zeigen sie am besten durch ein gütiges und mildes Benehmen. Wer Herz hat, ist höflich. Das Herz erfindet die feinsten Formen der Höflichkeit. Man merkt es, wenn Menschen den Sitz ihrer Höflichkeit nicht im Herzen haben. Höflich sein, kann man lernen, aber schwer, wenn man nicht das Talent dazu mitbringt, das ist: den herzlichen Wunsch, es zu werden. Höflich sein muß niemand, aber in jedermanns Wohlbefinden muß es liegen, leicht und ungezwungen artig zu sein.

Die Natur

Es ist schwer, über die Natur zu schreiben, besonders für einen Schüler der zweiten A-Klasse. Über Menschen geht es an: man hat feste Züge. Die Natur aber ist so verschwommen, so fein, so ungreifbar, so unendlich. Dennoch versuche ich es. Ich liebe es, mich mit dem Schweren herumzubalgen. Das treibt das Blut in den Adern umher und reizt die Sinne. Nichts ist unmöglich, habe ich schon irgendwo sagen gehört. Das ist vielleicht oberflächlich gesprochen, aber es geht ein Zug von Wahrheit und Tatsache durch diese Worte. Ich und mein Bruder, der Student, gingen den Berg hinauf. Es war im Winter, zwei Wochen vor Weihnachten. Der Berg ist breit wie die Schulter eines Athleten. Er war leicht mit Schnee bedeckt, so, als hätte eine fühlende sorgsame Hand den Schnee hingestreut. Das Gras schaute in feinen Spitzen daraus hervor, was einen sehr lieblichen Anblick gewährte. Die Luft war voll Nebel und Sonne. Der blaue Himmel schaute überall leicht durch: leise, leicht. Wir träumten im Gehen. Droben setzten wir uns auf eine Bank und genossen die Aussicht. Das Herrlichste und Freiste auf der Welt ist so eine Aussicht. Der Blick geht in die Tiefe und in die fernste Weite, um auf Momente wieder in der engsten Nähe zu weilen. Man sieht ruhig die Felder, Wiesen und Bergrücken zu seinen Füßen ausgestreckt: wie leblos oder wie im Schlaf. Nebel schleichen durch engere und breitere Täler, die Wälder träumen, die Dächer der Stadt glitzern verschwommen, es ist alles ein leichter, gefälliger, weiter, stiller Traum. Dann ist's einem wie ein welliges Meer, dann wie ein niedliches Spielzeug, dann wieder wie etwas unendlich Klares, plötzlich Klargewordenes. Ich finde die Worte nicht. Wir sprachen wenig. Jeder war mit seinen eigenen Empfindungen beschäftigt. Keiner von uns mochte die schöne sonntägliche Bergstille unterbrechen. Die Glocken klangen voll aus der Tiefe. Es war mir, als klängen sie so ganz in meiner Nähe, gerade neben meinen Ohren, und dann war mir's wieder, als verstummten sie und ich könnte sie nun mit meinem schwachen Gehör nicht mehr fangen. Wir sprachen leise, als wir dann sprachen. Von Kunst namentlich. Mein Bruder behauptete, der Karl in den »Räubern« sei viel schwerer zu geben als der Schurke Franz, und ich mußte ihm recht geben, als er mir die Gründe sagte. Mein Bruder malt, dich-

tet, singt, spielt Klavier und turnt ausgezeichnet. Er ist sehr, sehr talentvoll. Ich liebe ihn, und nicht nur deshalb, weil er mein Bruder ist. Er ist mein Freund. Er will Kapellmeister werden, und doch möchte er wieder lieber nicht

Kapellmeister werden, sondern etwas, das sämtliche Künste der Erde in sich vereinigt. Gewiß, er will hoch hinaus. – Wir gingen dann heim, so wie immer ein Zeitpunkt kommt, wo man heimgehen muß. Der Schnee fiel schimmernd von den ernsten Tannen. Wir sagten, die Tannen seien wunderschöne Erscheinungen, so wie edle und vornehme Frauen. Hier sehe ich die Lippen des Lehrers ein Lächeln umschweben. Noch umschwebt mich die Erinnerung an den Spaziergang an dem Sonntagmorgen, an die weiße, träumerische, leicht blaue Aussicht von der Bank aus, an das Gespräch über Kunst und an … es läutet.

Freithema

Diesmal, sagte der Lehrer, dürft ihr schreiben, was euch gerade einfällt. Ehrlich gesagt, mir will nichts einfallen. Ich liebe diese Art von Freiheit nicht. Ich bin gern an einen vorgeschriebenen Stoff gebunden. Ich bin zu faul, etwas zu ersinnen. Und was könnte das auch sein? Ich schreibe über alles gleich gern. Mich reizt nicht das Suchen eines bestimmten Stoffes, sondern das Aussuchen feiner, schöner Worte. Ich kann aus einer Idee zehn, ja hundert Ideen bilden, aber mir fällt keine Grundidee ein. Was weiß ich, ich schreibe, weil ich es hübsch finde, so die Zeilen mit zierlichen Buchstaben auszufüllen. Das »Was« ist mir vollständig gleichgültig. – Aha, da habe ich es. Ich werde ein Porträt der Schulstube zu zeichnen versuchen. Das ist noch nie dagewesen. Die Note »vortrefflich« kann mir nicht entgehen. – Wenn ich den Kopf hebe und über die vielen Schülerköpfe hinwegsehe, muß ich unwillkürlich lachen. Das ist so geheimnisvoll, so merkwürdig, so fremdartig. Es ist wie ein summendes, süßes Märchen. Der Gedanke, daß in all den Köpfen fleißige, hüpfende, sich sputende Gedanken sind, ist geheimnisvoll genug. Die Aufsatzstunde ist vielleicht aus eben diesem Grunde die schönste und anziehendste. In keiner Stunde geht es so geräuschlos, so andächtig zu und wird so still für sich gearbeitet. Es ist, als höre man das Denken leise flüstern, leise sich regen. Wie das Treiben von kleinen weißen Mäusen ist's. Hin und wieder fliegt eine Fliege empor und senkt sich dann leise auf einen Kopf, um es sich auf einem Haar wohl sein zu lassen. An seinem Pult sitzt der Lehrer wie ein Einsiedler zwischen Felsen. Die Wandtafeln sind schwarze unergründliche Seen. Die Ritze, die darin sind, sind der weiße Schaum der Wellen. Der Einsiedler ist ganz versunken in Betrachtungen. Nichts rührt ihn, was in der weiten Welt, das heißt, in der Schulstube, vorgeht. Hin und wieder kratzt er sich wollüstig in den Haaren. Ich weiß, welche Wollust es ist, sich in den Haaren zu kratzen. Dadurch reizt man das Denken unendlich. Es sieht allerdings nicht besonders schön aus, aber item, es kann nicht alles schön aussehen. Der Lehrer ist ein kleiner, schwacher, schmächtiger Mann. Ich habe sagen hören, solche Männer seien die klügsten und gelehrtesten. Es mag wahr sein. Vom Lehrer habe ich die feste Überzeugung, daß er unendlich klug ist. Ich möchte nicht die Last seiner Kenntnisse tragen. Wenn das unziemlich geschrieben ist, so bedenke man, daß es zur Zeichnung der Schulstube unbedingt mitgehört. Der Lehrer ist sehr reizbar. Er fährt oft wild auf, wenn ein Schüler mit Nichtskönnen ihn ärgert. Das ist ein Fehler. Warum über eine so nichtige Sache, wie die Faulheit eines Schülers, in Aufregung geraten? Aber ich habe eigentlich gut schwatzen. Wenn ich an seiner Stelle sein müßte, täte ich vielleicht noch unbesonnener. Man muß ein besonderes Talent haben, um Lehrer zu sein. Immer seine Würde behaupten vor solchen Schlingeln, wie wir sind, das braucht viel Selbstüberwindung. Im ganzen beherrscht sich unser Lehrer gut. Er hat eine feine, kluge Art zu erzählen, was man nicht genug in Anrechnung bringen kann. Er geht sehr sauber gekleidet, und es ist wahr, wir lachen oft hinter seinem Rücken. Ein Rücken hat immer etwas Lächerliches. Dagegen kann man nichts machen. Er geht in hohen Stiefeln, als käme er aus der Schlacht bei Austerlitz. Diese Stiefel, die so grandios sind, und denen nur noch die Sporen fehlen, geben uns viel zu denken. Die Stiefel sind fast größer als er selber. Wenn er in Wut ist, stampft er mit ihnen. Ich bin mit meinem Porträt nicht besonders zufrieden.

Aus der Phantasie

Wir sollen etwas aus unserer Phantasie schreiben. Meine Phantasie liebt das Farbige, Märchenhafte. Ich mag nicht von Pflichten und Aufgaben träumen. Das Nächstliegende ist für den Verstand, das in der Ferne liegende für den Traum. – Auf dem See, dessen Wellen die äußersten Häuser unserer Stadt treffen, fahren in einem kleinen Nachen eine Edeldame und ein Edelknabe. Die Dame ist äußerst reich und kostbar gekleidet, der Knabe bescheidener. Er ist ihr Page. Er rudert, und dann hebt er die Ruder empor und läßt das Tropfwasser wie Perlen ins große liegende Wasser hinabstürzen. Es ist still, wunderbar still. Der weite See liegt so unbeweglich wie eine Lache Öl. Der Himmel ist in dem See, und der See scheint ein flüssiger, tiefer Himmel. Beide, der See und der Himmel sind ein leichtes träumendes Blau, ein, ein Blau. Beide, die Edeldame und der Edelknabe träumen. Jetzt rudert der Knabe leise ein Stück weiter hinaus, aber so ruhig, so langsam, als fürchte er, vorwärts zu kommen. Es ist mehr ein Schweben als ein Gleiten und mehr ein Stillsein

und Sichnichtrühren als ein Gleiten. Die Dame lächelt den Knaben unverwandt an. Sie muß ihn gewiß sehr lieb haben. Der Knabe lächelt unter dem Lächeln. Es ist Morgen, so ein Seemorgen mit einem Kuß von einer Sonne. Diese brennt herab auf den See, das Schiff, die beiden, auf ihr Glück, auf alles. Alles ist glücklich. Die Farben am Kleid der schönen Dame sogar. Farben fühlen gewiß auch. Farben sind lieb und passen zum Glück. Die Dame stammt aus dem Schloß, das dort am rechten Seeufer emporragt, dessen Türme glitzern. Sie ist eine Gräfin. Der Knabe hat auf ihr Geheiß das kleine Schiff losgebunden und es bis dahin gerudert, wo die beiden noch sind: fast in der Mitte des Sees. Die Dame hält die weiße Hand in das grünliche, bläuliche Wasser. Das Wasser ist warm. Es küßt die dargebotene Hand. Es hat einen recht feuchten Mund zum Küssen. Vom Ufer her schimmern die weißen Wände der zerstreuten Landhäuser. Die braunen Rebberge spiegeln sich schön im Wasser, auch die Landhäuser. Natürlich! Das eine, sowie das andere muß sich spiegeln. Keines hat einen Vorzug. Alles, was das Ufer belebt an Gestalt und Farbe, ist dem See untertan, der mit ihm macht, was er will. Er spiegelt's. Er ist der Zauberer, der Herr, das Märchen, das Bild. – Auf diesem tiefen, flüssigen, schwellenden Bild fährt der Nachen dahin. Es ist immer dasselbe ruhige Dahinfahren. Wir haben's schon beschrieben, wenn auch ungenügend gesagt. Wir? Ei, spreche ich in der Mehrzahl? Das ist eine Schriftstellergewohnheit, und ich komme mir, wenn ich Aufsätze schreibe, immer wie ein Schriftsteller vor. Aber See, Nachen, Wellen, Dame, Knabe und Ruder dürfen noch nicht schwinden. Ich will sie noch einmal ansehen. Die Dame ist schön und lieb. Ich kenne keine Dame, die nicht schön und lieb wäre. Diese aber, in einer so reizenden süßen, von der Sonne und von der Farbe verklärten Umgebung, ist es besonders. Auch ist sie ja eine vornehme Gräfin aus entschwundenen Zeiten. Der Knabe ist auch eine Gestalt aus früheren Jahrhunderten. Pagen gibt es keine mehr. Unser Zeitalter bedarf ihrer nicht mehr. Dagegen ist der See der nämliche. Dieselben verschwommenen Fernen und Farben wie ehemals, leuchten jetzt noch über ihm, dieselbe Sonne. Das Schloß steht auch noch, aber leer.

Der Beruf

Um in der Welt ein rechtschaffenes Leben führen zu können, muß man einen Beruf haben. Man kann nicht nur so in den Tag hineinarbeiten. Die Arbeit muß ihren bestimmten Charakter und einen Zweck haben, zu dem sie führen soll. Um das zu erreichen, wählt man einen Beruf. Dies geschieht, wenn man aus der Schule tritt, und mit diesem Ereignisse ist man ein erwachsener Mensch, das heißt, nun hat man eine andere Schule vor sich: das Leben. Das Leben sei ein strenger Schulmeister, sagen sie einem, und das muß wahr sein, weil es eine allgemeine Ansicht ist. Wir dürfen nach unserer Lust den Beruf wählen, und wo wir das nicht dürfen, tut man uns unrecht. Ich habe zu allen möglichen Berufen Lust. Da ist das Wählen eine schwere Sache. Ich glaube, ich tue am besten, wenn ich irgend einen, vielleicht den erstbesten ergreife, ihn erprobe, und, wenn ich ihn satt habe, fortwerfe. Kann man denn überhaupt wissen, wie es innerhalb eines Berufes aussieht? Ich denke, das muß man doch zuerst erfahren. Unerfahrene Geister, wie wir sind, können vor kein Urteil

gestellt werden, ohne sich glänzend zu blamieren. Das ist durchaus Geschmack und Sache unserer Eltern, uns einen Beruf auszusuchen. Sie wissen am besten, wozu wir taugen. Taugen wir zu Besserem, als wozu sie uns fürs Leben bestimmt haben, so ist später immer Zeit umzusatteln. Man sinkt deshalb noch nicht zum Sattler hinunter. Nein, unrecht geschieht uns in diesem Falle selten. – Nun, mein Geschmack wäre ein Schiffskapitän. Aber ich frage mich, ob meine Eltern mit diesem Wunsch einverstanden sind. Sie lieben mich sehr, und sie würden besorgt sein um mich, wenn sie mich den Stürmen des Meeres ausgesetzt wüßten. Das beste wäre freilich, heimlich durchzubrennen. So zur Nachtzeit, durchs Fenster, an einem Seil herabgelassen und – ade. Aber nein! Meine Eltern habe ich nicht den Mut zu hintergehen, und wer weiß, ob ich überhaupt das Zeug zu einem Schiffskapitän habe. Schlosser, Schreiner oder Drechsler will ich nicht werden. Für einen Aufsatzschreiber von meiner Qualität ziemt sich kein solches Handwerk. Buchbinder wäre hübscher, aber meine Eltern werden es nicht zugeben wollen, weil ich ihnen, das weiß ich, viel zu gut dafür bin. Sie sollen mich nur nicht studieren lassen, ich würde verkommen. Zum Arzt habe ich keine Lust, zum Pfarrer kein Talent, zum Juristen kein Sitzleder und Lehrer werden … ich möchte lieber sterben. Unsere Lehrer zum mindesten sind alle nicht glücklich, man sieht es ihnen an. Förster möchte ich werden. Ich würde mir ein kleines efeuumranktes

Haus am Waldrand bauen und den Tag lang bis in die Nacht im Wald umherschweifen. Vielleicht käme es mir mit der Zeit auch langweilig vor und ich sehnte mich nach großen eleganten Städten. Als Dichter möchte ich in Paris, als Musiker in Berlin, als Kaufmann nirgends leben. Man tue mich nur in ein Bureau und erfahre dann das Weitere. Nun habe ich noch eines auf der Seele: Gaukler sein wäre schön. Ein berühmter Seiltänzer, Feuerwerk hinten auf dem Rücken, Sterne über mir, einen Abgrund neben, und so eine feine schmale Bahn vor mir zum Schreiten. – Clown? Ja, ich fühle, ich habe zum Spaßmachen Talent. Aber den Eltern würde es Kummer bereiten, mich auf der Bühne zu wissen mit einer rotbemalten langen Nase und mehlbestreuten Wangen und im weiten lächerlichen Anzug. – Was nun denn? Daheim bleiben und greinen? Das niemals. Eins ist sicher, mir ist nicht bang vor Berufen. Es gibt so viele.

Das Vaterland

Unsere Staatsform ist die Republik. Wir dürfen machen, was wir wollen. Wir benehmen uns so ungezwungen, als es uns beliebt. Wir haben niemand von unsern Handlungen Rechenschaft abzulegen, als uns selbst, und das ist unser Stolz. Unsere Ehre allein ist die Grenze, die wir uns um unser Tun stecken. Andere Staaten blicken mit Verwunderung auf uns, daß wir uns durch uns selbst zu beherrschen vermögen. Wir sind niemandem untertan, als unserer Einsicht und unserer ehrlichen Gesinnung, von der wir uns gern befehlen und leiten lassen. Wir haben keinen Platz für einen König oder Kaiser. Die Straßen unserer Städte sind nicht gebaut, um fürstliche Aufzüge passieren zu lassen, unsere Häuser sind keine Ställe, aber auch keine Paläste. Unsere Kirchen sind prunklos und unsere Rathäuser stolz und einfach. Unser Sinn ist wie unsere Wohnung, einfach und wohlhabend, unsere Herzen sind wie unsere Gegenden: rauh, aber nicht unfruchtbar. Wir benehmen uns wie Republikaner, wie Bürger, wie Krieger, wie Menschen. Die Untertanen anderer Länder sehen oft Haustieren ähnlich. Nicht, als ob Freiheit und Stolz unter andern Völkern nicht auch heimisch wären, aber uns sind sie angeboren. Unsere Väter, die tapferen Eidgenossen, haben uns ihren Sinn hinterlassen, und wir wären zu beklagen, wenn wir anders als treu mit einem so herrlichen Geschenk umgingen. Es ist mir heilig ernst zumut, wenn ich das schreibe. Ich bin ein glühender Republikaner. So jung ich bin, trage ich doch bereits den Wunsch, meinem Vaterland eifrig zu dienen. Ich schreibe diesen Aufsatz mit bebenden Fingern. Ich wollte nur, es gefiele ihm bald, meine Dienste und Kräfte in Anspruch zu nehmen. Doch ich vergesse, daß ich noch ein Schüler der zweiten A-Klasse bin. Wie sehne ich mich, aus dieser dumpfen Jugendlichkeit hinauszutreten ins öffentliche große Leben, mit seinen großen Anforderungen, mit seinen Stürmen, Ideen und Taten. Ich liege wie an der Kette. Ich fühle mich wie ein erwachsener verständiger Mensch, und nur der Spiegel, der mir mein Bild zeigt, überzeugt mich von meiner unbedeutenden Jugend. O ich werde, wenn ich einmal soweit bin, meinem Vaterland mit dem heiligsten Eifer dienen, meinen Stolz darin sehen, ihm dienen zu dürfen, und nicht müde werden vor Aufgaben, die es ihm beliebt, mir zu stellen. Es brauche meine Kräfte, ja mein ganzes Leben. Wofür haben meine Eltern es mir gegeben? Man lebt nicht, wenn man nicht für etwas lebt, und für welches andere Wohl ließe sich ruhmreicher und edler fechten und leben als für das Wohl der Heimat? Ich bin glücklich, daß ich ein so schönes Leben noch vor mir habe. Das Vaterland ist groß, aber dazu beitragen zu dürfen, daß es noch größer werde, wird mein Stolz, mein Leben, meine Sehnsucht, meine Ehrfurcht sein. O ich bin maßlos ehrgeizig, und ich bin es um so mehr, als ich weiß, daß in diesen Dingen ehrgeizig sein, keine Schande und kein unedler Trieb ist. Man kann immer noch ein Held sein. Das Heldentum hat nur ein anderes Aussehen bekommen. Wo es die Größe, den Ruhm, den Vorteil des Vaterlandes betrifft, ist es keine überflüssige Sache, ein Held, ein Opfer zu sein. O, ich noch ein Schüler der zweiten A-Klasse.

Mein Berg

Den Namen Bözingenberg hat er von dem Dorf, das an seinem südwestlichen Fuße liegt. Er ist hoch, doch kann man ihn leicht ersteigen. Das tun wir oft, ich und meine Kameraden, weil dort oben die schönsten Spielplätze zu finden sind. Er ist breit, wohl eine Stunde lang, ja, noch viel länger. Ich weiß das gar nicht, da ich ihn noch nie seiner ganzen Länge nach durchmessen habe. Es würde zu weit führen. Wenn man ihn von einem andern Berg aus in seiner Höhe und Breite daliegen sieht, kommt er einem wie ein schlafender Zauberer vor. Seine Form hat die Gestalt von einem Elefantenkopf. Ich weiß nicht, ob das genau zutrifft. Indessen, wenn er nur ein schöner Berg ist, gilt es doch gleich, wem er gleicht. Und er ist der schönste Berg mit der schönsten Aussicht. Man sieht drei weiße Seen von seiner Höhe aus, viele andere Berge, Ebenen nach drei Richtungen, Städte und Dörfer, Wälder, und das alles so schön in der fernen Tiefe, gleichsam eigens zum Anschauen da unten ausgebreitet. Von hier aus ist einem das Studium der Geographie und noch manches andere eine Lust. Das Schönste aber für uns sind die gewaltigen Buchen auf dem Rücken des Berges. Im Frühling haben sie ein wunderbar helles und feuchtes Grün, fast zum Anbeißen frisch. Auf seinen Weiden springen muntere braune Pferde herum. Man darf sich ihnen ohne Scheu nähern. Zu Pferden muß man überhaupt Vertrauen haben. Auch Ziegen und Kühe gibt's, aber die reizen weniger. Ein Kamerad von mir hat sich einmal von einer Kuh, die er beim Schwanz gepackt, den halben Berg hinunterreißen lassen. Wir hatten Angst für ihn, und doch mußten wir lachen. Beim Spielen gibt's oft genug Zänkereien, ja Prügel. Die letzteren liebe ich mehr als die ersteren. Streitereien sind unausstehlich, während Prügel heiß und toll machen. Ich bin gern erhitzt und voll Blut. Manchmal artet ein Spiel in eine wilde Schlacht aus. Eine Schlacht ist köstlich, und der Held in der Schlacht sein, noch herrlicher. Freilich Verdruß gibt's nachher, Ärger, Feindschaft, Haß. Aber das sind wenigstens alles bestimmte Empfindungen. Nichts ist trockener als Trokkenheit, und nichts gilt bei mir mehr als Trockenheit, als Empfindungslosigkeit. Wenn Haß da ist, spiele ich gern wieder den Vermittler, den Begütiger. Auch dieser Rolle weiß ich mich anzupassen. Spiele sollten nicht soweit getrieben werden, bis sie in Prügel ausarten. Da habe ich nun wieder gut sprechen, ich, der ich selbst ein hervorragender Austeiler und Empfänger von Prügeln bin, wenn's darauf ankommt. Lassen wir's. Es ist leichter, vortreffliche Ermahnungen (Selbstermahnungen) zu erteilen, als dem Übel und der Sünde im gegebenen Augenblick aus dem Wege zu gehen. Jedes zu seiner Zeit. Also Prügel und Steinwürfe zu ihrer, und gute Vorsätze zu ihrer Zeit. Man muß alles kennen. Aber den Berg habe ich fast im Stich gelassen. Ich erlebte so viele schöne Morgen, Abende, sogar Nächte auf ihm, daß es mir schwer wird, eine einzelne Stunde ins Auge und unter die Feder zu fassen. Ich erlebte dort oben einmal einen Abend. Ich lag allein im Grase, unter einer hundertjährigen Tanne und träumte. Die Sonne warf ihre Gluten über mich und über die Weide. Von der Ebene drang Geklingel und Eisenbahnlärm herauf. Ich dünkte mich so fern von aller Welt. Ich betrachtete nichts, ich ließ mich so betrachten. Ein Eichhörnchen wenigstens tat es lange. Es guckte verdutzt und ängstlich zu mir hinunter. Ich ließ es machen. Spitzmäuse sprangen zwischen dem Gestein, die Sonne sank, und die Weide glänzte im schwarzen durchsichtigen Schatten. O wie ich mich gesehnt habe. Wenn ich nur noch wüßte, wonach.

Unsere Stadt

Unsere Stadt ist eigentlich mehr ein großer schöner Garten als eine Stadt. Die Straßen sind Gartenwege. Sie sehen so sauber und wie mit feinem Sand bestreut aus. Über den Dächern der Stadt erhebt sich der Berg mit seinen dunklen Tannen und mit seinem grünen Laub. Wir haben die prächtigsten Anlagen, unter andern eine Allee, die von Napoleon herstammen soll. Ich glaube zwar nicht, daß er mit eigener Hand die Bäume gesetzt hat, dazu war er doch wohl zu stolz, zu großmächtig. Im Sommer geben die breiten alten Kastanien einen herrlichen erquickenden Schatten. An Sommerabenden sieht man die Bewohner der Stadt, welche spazieren mögen, in dieser Allee auf und ab wandeln. Die Damen nehmen sich in ihren hellfarbigen Kleidern besonders schön aus. Auf dem abenddunklen See wird dann mit Lust gegondelt. Der See gehört zu unserer Stadt, wie die Kirche, oder wie das Lustschloß eines Fürsten zu einer Residenz in Monarchien. Ohne den See wäre unsere Stadt nicht unsere Stadt, ja, man würde sie nicht wiedererkennen. Unsere

Kirche, die protestantische, liegt auf einer hochgelegenen Plattform, die mit zwei wunderbar schönen, großen Kastanienbäumen geziert ist. Die Fenster der Kirche sind mit den feurigsten Farben bemalt, was ihr ein märchenhaftes Aussehen gibt. Oft ertönt der lieblichste vielstimmige Gesang aus ihr. Ich stehe gern draußen, wenn drinnen gesungen wird. Die Frauen singen am schönsten. Unser Rathaus ist würdig, und sein großer Saal dient zu Bällen und sonstigen Anlässen. Wir haben sogar ein Theater. Alle Winter besuchen uns auf zwei Monate fremde Schauspieler, welche sehr feine Manieren haben, ein sehr feines Deutsch sprechen und Zylinder auf den Köpfen tragen. Ich freue mich immer, wenn sie kommen, und helfe unsern Bürgern nicht mit, wenn sie verächtlich von dem »Pack« reden. Es kann sein, daß sie ihre Schulden nicht bezahlen, daß sie frech sind, daß sie sich betrinken, daß sie aus schlechten Familien herstammen, aber wofür sind sie Künstler? Einem Künstler sieht man großmütig dergleichen durch die Finger. Sie spielen auch ganz herrlich. Ich habe die »Räuber« gesehen. Es ist ein wundervolles Theaterstück, voll Feuer und Schönheit. Kann man sich auf eine feinere und edlere Weise amüsieren, als, indem man das Theater besucht? Große Städte gehen uns ja in dieser Hinsicht mit dem besten Beispiel voran. – Unsere Stadt hat viel Industrie, das kommt, weil sie Fabriken hat. Fabriken und ihre Umgebung sehen unschön aus. Da ist die Luft schwarz und dick, und ich begreife nicht, warum man sich mit so unsauberen Dingen abgeben kann. Ich bekümmere mich nicht, was in Fabriken gemacht wird. Ich weiß nur, daß alle armen Leute in der Fabrik arbeiten, vielleicht zur Strafe, daß sie so arm sind. Wir haben hübsche Straßen, und überall blicken grüne Bäume zwischen den Häusern hervor. Wenn es regnet, sind die Straßen recht schmutzig. Bei uns wird wenig für die Straßen getan. Vater sagt das. Schade, daß unser Haus keinen Garten hat. Wir wohnen im ersten Stock. Unsere Wohnung ist schön, aber es sollte ein Garten dazu gehören. Mama klagt oft deshalb. Der alte Stadtteil ist mir am liebsten. Ich schlendere gern in den alten Gäßchen, Gewölben und Gängen. Auch unterirdische Gänge haben wir. Im ganzen: wir haben eine sehr hübsche Stadt.

Weihnacht

Weihnachten? O! Das wird den schlechtesten Aufsatz geben; denn über etwas so Süßes kann man nur schlecht schreiben. – In den Straßen, in den Hausgängen, auf den Treppen, in den Zimmern roch es nach Orangen. Der Schnee lag dick draußen. Weihnachten ohne Schnee wäre unerträglich. Am Nachmittag ließen sich zwei erbärmlich dünne Stimmchen vor unserer Haustür vernehmen. Ich ging, um zu öffnen. Ich wußte, es waren arme Kinder. Ich sah sie ziemlich lange und herzlos an. »Was wollt ihr?« fragte ich sie. Da weinte das kleine Mädchen. Es tat mir leid, so barsch gewesen zu sein. Die Mutter kam, schickte mich weg und gab den Kindern kleine Geschenke. Als der Abend kam, hieß mich die Mutter ins schöne Zimmer eintreten. Ich tat es mit Zittern. Ich gestehe, ich hatte eine gewisse unerklärliche Angst vor dem Beschenktwerden. Meine Seele fragt Geschenken nichts nach. Ich ging hinein, die Augen schmerzten mich, als ich in das Meer von Licht und Lichtern trat. Ich saß vorher lange im Dunkeln. Der Vater saß da, im ledernen Lehnstuhl, und rauchte. Er stand auf und führte mich artig zu den Geschenken. Es war mir sehr unbehaglich. Es waren die hübschesten Sachen, die ein Auge und ein Herz erfreuen konnten. Ich lächelte und versuchte etwas zu sagen. Ich streckte dem Vater die Hand hin und sah ihn dankbar an. Er fing an zu lachen und mit mir zu plaudern, über die Geschenke, ihre Bedeutung, ihren Wert und über meine Zukunft. Ich ließ mir nicht merken, was mir das für ein Vergnügen machte. Die Mutter kam und setzte sich zu uns. Ich fühlte das Bedürfnis, ihr etwas Liebes zu sagen, brachte es aber nicht über die Lippen. Sie merkte, wo ich hinaus wollte, und nahm mich nahe zu sich und küßte mich. Ich war unsäglich glücklich und froh, daß sie mich verstanden hatte. Ich schmiegte mich eng an sie und schaute in ihre Augen, die voll Wasser waren. Ich sprach, aber es hatte keinen Ton. Ich war so glücklich, daß ich auf diese schönere Weise mit meiner Mutter sprechen konnte. Hernach waren wir sehr lustig. Es wurde Wein aus zierlich geschliffenen Gläsern getrunken. Das brachte Fluß und Lachen in die Unterhaltung. Ich erzählte von der Schule und von den Lehrern, indem ich besonders ihre komischen Seiten hervorhob. Man verzieh mir gern meine Ausgelassenheit. Die Mutter ging ans Klavier und spielte ein einfaches Lied. Sie spielt ungemein zart. Ich rezitierte ein Gedicht. Ich rezitiere ungemein schlecht. Die Magd kam herein und brachte Kuchen und köstliches Backwerk (Rezept der Mutter). Sie machte ein dummes Gesicht, als sie beschenkt wurde. Sie küßte aber artig meiner Mutter die Hand. Mein Bruder hatte nicht kommen können, das bedauerte ich lebhaft. Unser Hausdiener, der alte Fehlmann, bekam ein großes geschlossenes Paket; er lief hinaus, um es zu öffnen. Wir lachten. Weihnachten ging so still vorüber. Wir saßen endlich ganz allein beim Wein und sprachen ganz wenig. Danach verstrich die Zeit rasch. Es war zwölf Uhr, als wir uns erhoben, um ins Bett zu gehen. Am andern Morgen sahen wir alle ziemlich müde aus. Der Weihnachtsbaum ebenfalls. Nicht wahr, das alles ist schlecht geschrieben? Aber ich habe es wenigstens vorausgesagt, und so kann der Vorwurf mich nicht in Erstaunen setzen.

Als Ersatz eines Aufsatzes

Brief meines Bruders an mich: Lieber Bruder! Ich habe Deinen Brief erhalten, gelesen und mit Verwunderung, ja beinahe mit Bewunderung zum zweiten Male gelesen. Du bist ein Schurke im Stil. Du schreibst wie zwei Professoren zusammen. Ein Schriftsteller von Beruf könnte sich nicht besser ausdrücken. Wo nimmst Du das her? – Mich haben besonders Deine Sätze über die Kunst gefreut. Ja, Bruder, die Kunst ist eine große und süße Sache, aber sie ist verteufelt schwer. Wenn es mit den Einbildungen, die man von ihr hat, gemacht wäre, könnte man in aller Ruhe und Behaglichkeit mit ihr fertig werden. Aber da ist die Handfertigkeit, das Handwerk, das hemmend zwischen ihr und ihrem Entstehen liegt. Ich habe schon ärger wegen ihr geseufzt als ein Betbruder. Bruder, ich sage Dir, ich mache seit einiger Zeit Verse. Ich sitze abends beim Lampenlicht sehr lange am Schreibtisch und versuche, meinen Empfindungen klangvollen Ausdruck zu geben. Es ist schwer, und es wird von andern, denen es leicht zu gehen scheint, Erstaunliches geleistet. Da ist einer, der eben berühmt geworden. Er ist nicht älter als ich, und hat nun schon einen Band Gedichte gerettet. Ich bin nicht neidisch auf ihn, aber es schmerzt mich, zu sehen, wie weit ich mit allen meinen sehnsüchtigen Bestrebungen noch zurück bin. Lächelt mir die Muse nicht nächstens, so stecke ich alles auf und werde Söldner. Das Studium der Philosophie erscheint mir lächerlich, und zu einem Beruf tauge ich nicht. Ich werde als Krieger in irgend einem fremden Staat mehr Lorbeeren davontragen, als ich hier ernten würde, auch wenn ich mich an einen Beruf gewöhnte. Ich werde eben ein wildes Abenteuerleben führen, wie so viele, denen es im Heimatland zu eng war. Ich gestehe, ich mache mir Sorgen, daß ich Dir so etwas mitgeteilt habe. Es wäre vielleicht klüger gewesen, davon zu schweigen. Aber ich habe Vertrauen in Deine Stärke und Schweigsamkeit. Die Eltern werden es aus Deinem Mund nicht erfahren, das weiß ich. Bester Bruder, wie geht es Dir? Bevor ich fortwandere, wollen wir zusammen noch eine schöne Nacht erleben. Vielleicht mache ich mit meinen Gedichten Glück und brauche dann nicht davonzubrennen. Du schreibst mir, daß Du Dich langweilst. Das ist noch zu früh, Bester. Ich glaube, nur Dein lebhafter Geist und die Sucht, Dich fein und ele-

gant auszudrücken, sagen das. Was ich sagen wollte, Du warst und bist mir immer lieb. Du bist ein witziger Bursche, und man kann mit Dir sprechen. Du wirst etwas sehr Großes im Leben sein, oder ich bin ein Dummkopf. Ja, die Kunst gibt mir zu schwitzen. Es wäre schade, wenn ich gezwungen würde, sie satt zu haben. Aber entweder schaffe ich Vortreffliches, oder gar nichts. Nichts ist schwächlicher als Dilettanterie. Machst Du die Spaziergänge immer noch, die wir beide im letzten Sommer zusammen gemacht haben ? Man hat viel vom einsam Spazierengehen. Habe Geduld in der Schule. Du magst zwar noch einmal so gescheit als Dein Lehrer sein, es ist doch gut, wenn man ausharrt. Leb wohl, Junge, leb wohl Bursch. Wir sprechen auf jeden Fall nächstens in einer Sternennacht beim Bier von den Dingen, die in der Welt so schön und so häßlich sein können. Adlerflügel sollte man haben, aber leb wohl! – –
Diesen Brief meines Bruders verwende ich als Aufsatz, da ich heute gänzlich gedankenfaul bin. Ich bitte den Lehrer, sofern man ihn als einen Ehrenmann um einen Gefallen ersuchen darf, nichts zu plaudern, sondern gütigst Schweigen zu beobachten. Übrigens, die Gedichte meines lieben Bruders haben längst Beifall und er Ruhm errungen.

Jahrmarkt

Der Nutzen eines Jahrmarktes ist groß, das Vergnügen eines solchen fast noch größer. Die Bauern treiben ihr Vieh, die Kaufleute ihre Waren, die Gaukler ihre Sehenswürdigkeiten und die Künstler ihre Werke zu Markt. Alles will kaufen und verkaufen. Der eine verkauft, was er gekauft hat, um einen höheren Preis und kauft Neues mit dem Gewinn. Ein anderer kauft dem Käufer das Verkaufte wieder unter Verlust ab, um es anderwärts vorteilhafter zu verkaufen. Alsdann schlägt er sich vielleicht vor die Stirn und nennt sich einen Narren. Alles ist Handeln, Gewimmel, Geschrei, Laufen, Rennen, Schauen und Markten. Wir unbefangene Unbeteiligte treiben uns mit unseren Schulbubenabsichten im Gewühl des Jahrmarktes umher. Es gibt köstliche Dinge genug zu sehen. Die Dame dort mit dem enganliegenden roten Kleid, mit dem Federhut und mit den hohen Stiefelchen ist eine Schlangenbändigerin. Ich sehe sie mit dem größten Vergnügen stundenlang an. Sie steht großartig unbeweglich da. Ihr Antlitz ist bleich, ihre Augen sind groß und glanzlos, und der Ausdruck um ihren Mund beherbergt Verachtung. Ich lasse mich ruhig von ihr verachten: sie ist so traurig. Sie muß irgend einen unauslöschlichen Kummer haben. – Da sind Schießstände. Hier üben sich junge Patrioten im Sichertreffen. Die Entfernung zwischen Gewehrmündung und Ziel ist zwar nicht groß, dennoch fehlen viele. Der Schuß kostet 5 Rappen. Ein wunderschönes Mädchen lockt alle Schießlustigen und sogar die Schießunlustigen zu sich. Ihre Kolleginnen betrachten sie mit feindlichen Augen. Sie ist schön wie eine Fürstentochter und freundlich wie nur sie selber. – Überall sind Karussells, mit und ohne Dampf. Die Musik ist wenig erhebend, und doch möchte man sie nicht entbehren. Ich habe mich von Berg zu Tal und von Tal zu Berg fahren lassen. Man fährt in den schönsten Chaisen von Silber und Gold, die Sterne am Himmel tanzen um einen, die Welt dreht sich mit uns um. Es ist wohl des Geldes wert. – Weiter ist das Kasperli-Theater. Ich möchte nicht an ihm vorbeigegangen sein und es nicht gesehen haben. Ich wäre um das schönste Lachen gekommen. Man muß bei jedem Streich lachen, den der Kasperl mit seiner ungeheuren Pritsche ausholt. Es kommen mehr Menschen um, als umkommen mögen. Der Tod springt unglaublich schnell herbei

und trifft mit prachtvoller Sicherheit seine Opfer. Unter diesen sind Generale, Ärzte, Gouvernanten, Soldaten, Polizisten, Minister. Sie entschlafen alle keines sanften Todes, wie es in den Zeitungen heißt. Sie werden gewaltsam genug hingerichtet. Kasperl kommt mit etwas Prügel davon. Am Schluß der Vorstellung verneigt er sich vor uns artig und ladet zum neuen, noch nie dagewesenen Schauspiel ein. Ich liebe seine unveränderliche Schurkenmiene. – Hier kann man sich photographieren lassen. Da bietet ein Panorama dem Schaulustigen Gelegenheit, in alle Weltteile und in alle Ereignisse der Welt zu sehen. Hier ist zu sehen das Pferd mit drei Beinen. Und nur drei Schritte weiter weg kann man den größten Ochsen der Welt anschauen. Keiner ist gezwungen, aber jedermann ist höflichst eingeladen. Im Vorbeigehen zahlt man das Eintrittsgeld. Wir gehen weiter. Ich streife die Schlangendame noch mit einem Blick. Wahrhaftig, sie verdient's. Sie steht so groß und unbeweglich da wie ein Bild. Meine Eltern haben mir einen Franken zum Verbrauchen gegeben. Ich frage mich, wo er hingekommen ist. – Schöne Schlangendame!

Musik

Musik ist mir das Süßeste auf der Welt. Ich liebe Töne unaussprechlich. Ich kann, um einen Ton zu hören, tausend Schritte springen. Oft, wenn ich im Sommer durch die heißen Straßen gehe, und aus einem unbekannten Hause ein Klavier tönt, stehe ich still und meine, an dieser Stelle sterben zu sollen. Ich möchte im Anhören eines Musikstückes sterben. Ich stelle mir das so leicht vor, so natürlich, und doch ist es natürlich wieder unmöglich. Töne sind zu zarte Dolchstiche. Die Wunden von solchen Stichen brennen wohl, aber es ist kein Eiter in ihnen. Wehmut und Schmerz träufeln statt des Blutes hervor. Wie die Töne aufhören, ist alles wieder ruhig in mir. Ich gehe dann an meine Schulaufgaben, zum Essen, zum Spiel und vergesse es. Klavier gibt mir den zauberischesten Ton. Mag auch eine Stümperhand spielen. Ich höre nicht das Spiel, nur den Ton. Ich kann nie ein Musiker werden. Denn ich würde es nie süß und trunken genug finden, Musik zu machen. Musik anhören ist viel heiliger. Musik stimmt mich immer traurig, aber so wie ein trauriges Lächeln ist. Ich möchte sagen: freundlichtraurig. Die lustigste Musik vermag ich nicht lustig zu finden und die schwermütigste Musik ist für mich keineswegs besonders schwermütig und entmutigend. Vor der Musik habe ich nur immer die eine Empfindung: mir fehlt etwas. Nie werde ich den Grund dieser sanften Traurigkeit erfahren, nie darnach forschen wollen. Ich wünsche es nicht zu wissen. Ich wünsche nicht alles zu wissen. Ich besitze überhaupt, so sehr ich mir intelligent vorkomme, wenig Wissensdrang. Ich glaube deshalb, weil ich von Natur das Gegenteil von neugierig bin. Ich lasse gern vieles um mich geschehen, ohne mich zu bekümmern, wie es geschieht. Das ist gewiß tadelnswert und wenig geeignet, mir im Leben zu einer Laufbahn zu helfen. Mag sein. Ich fürchte mich nicht vor dem Tode, also auch nicht vor dem Leben. Ich merke, ich gerate ins Philosophieren. Musik ist die gedankenloseste und deshalb süßeste Kunst. Rein verständige Menschen werden sie nie schätzen, aber sie wird gerade ihnen in Augenblicken, wo sie sie hören, am innigsten wohl tun. Man darf eine Kunst nicht begreifen und nicht schätzen wollen. Kunst will sich uns anschmiegen. Sie ist ein so überaus reines und selbstzufriedenes Wesen, das es sie kränkt, wenn man sich um sie bemüht. Sie straft den, der ihr, indem er sie fassen will, entgegenkommt. Künstler erfahren das. Sie sind es, die ihren Beruf darin sehen, sich mit ihr zu befassen, die durchaus nicht angefaßt werden will. Deshalb möchte ich nie Musiker werden. Ich fürchte mich vor der Strafe eines so holden Wesens. Man darf eine Kunst lieben, aber man muß sich hüten, es sich zu gestehen. Man liebt am innigsten, wenn man nicht weiß, daß man liebt. – Mich schmerzt die Musik. Ich weiß nicht, ob ich sie wirklich liebe. Sie trifft mich, wo sie mich eben antrifft. Ich suche sie nicht. Ich lasse mich von ihr schmeicheln. Aber dieses Schmeicheln verwundet. Wie soll ich es sagen? Musik ist ein Weinen in Melodien, ein Erinnern in Tönen, ein Gemälde in Klängen. Ich kann es schlecht sagen. Die Worte über die Kunst da oben muß man nur nicht ernst nehmen. Sie treffen so gewiß nicht zu, als mich heute noch kein Ton getroffen hat. Mir fehlt etwas, wenn ich keine Musik höre, und wenn ich Musik höre, fehlt mir erst recht etwas. Dies ist das Beste, was ich über Musik zu sagen weiß.

Der Schulaufsatz

Einen Aufsatz soll man reinlich und mit leserlichen Buchstaben schreiben. Nur ein schlechter Aufsatzschreiber vergißt, sich der Deutlichkeit sowohl der Gedanken als der Buchstaben zu befleißen. Man denke zuerst, bevor man schreibt. Mit unfertigen Gedanken einen Satz beginnen, ist eine Liederlichkeit, die nie zu verzeihen ist. Die Trägheit des Schülers allerdings glaubt, Worte ergeben sich aus Worten. Das ist aber nichts als eine eitle und gefährliche Einbildung. Man wird viel leichter des Gehens auf der Landstraße müde, wenn man sich nicht vorher ein Ziel vorgenommen hat. – Punkte, Komma und sonstige Zeichen zu vernachlässigen, ist ein Fehler, der einen weiteren zur Folge haben muß, die Unordentlichkeit des Stils. Stil ist Ordnungssinn. Wer einen unklaren, unordentlichen, unschönen Geist hat, wird einen ebensolchen Stil schreiben. Am Stil, ist ein altes, geschwätziges, aber deshalb nicht minder wahres Sprichwort, erkennt man den Menschen. – Beim Aufsatzschreiben fahre man mit den Ellbogen nicht allzu ungestüm hin und her. Dadurch belästigt man seinen Nebenschreiber, der gewiß nicht unempfindlich für Störungen ist, da er ein Denkender und Schreibender ist. Schreiben ist eine Sache des still sich Ereiferns. Wer nie ruhig sitzen kann, sondern immer laut und wichtig zu einer Arbeit tun muß, um diese zu verrichten, wird nie schön und lebhaft schreiben können. – Auf sauberem, glattem Papier läßt sich's viel hübscher, und deshalb viel fließender, und deshalb viel empfindlicher und gefälliger schreiben; man sehe also darauf, daß man rechtes Schreibpapier zur Hand hat. Wofür sind so viele Schreibmaterialienhandlungen? Gedankenreich schreiben ist schön, aber seine Arbeit mit zu vielen Gedanken vollpfropfen wollen, davor hüte man sich. Ein Aufsatz, sowie überhaupt eine Arbeit will angenehm zum Lesen und Gebrauch sein. Zu viele Gedanken und Meinungen machen das leichte Gerüst, das heißt, die Form, in die ein jeder Aufsatz gekleidet sein muß, nur zusammenbrechen. Was ist dann ein Aufsatz? Ein Steinbruch, ein Bergsturz, eine wütende Feuersbrunst, die vielleicht sehr prächtig, aber auch sehr traurig anzusehen ist. Einem Gedankenlosen brauche ich diese Worte nicht unter die Nase zu halten; denn er wird sein Gebäude gewiß nicht überladen. – Witz darf in Aufsätzen vorkommen, aber nur als leichte, feine Zierde. Ein von Natur Witziger muß sich besonders in acht nehmen. Die Witze, die hübsch klingen, wenn sie aus dem Munde kommen, nehmen sich nur selten auch auf dem Papier gut aus. Überdies ist es unvornehm, von einer Gabe, mit der man überreich ausgestattet ist, einen nicht äußerst wählerischen Gebrauch zu machen. – Worte ausstreichen gibt einen unsauberen Anblick. Man versuche, diese Gewohnheit zu unterlassen. Ich selbst habe nötig, mir dies zuzurufen. Liebes Ich, ich will mir's gehörig merken. In das Heft seines Nachbars blicken, um Gedanken oder Einfälle, die einem selbst fehlen, zu rauben, ist eine Gemeinheit. Kein Schüler sollte so wenig Stolz haben, einen albernen Raub dem edleren Geständnis, daß man zu Ende mit dem Wissen ist, vorzuziehen. Den Lehrer behellige man lieber nicht mit Fragen und Seufzen. Dergleichen ist nicht tapfer und zeigt nur, wie sehr man wegen Kenntnissen, die man besitzen sollte, in Verlegenheit ist. Der Lehrer verachtet solches.

Die Schulklasse

Unsere Schulstube ist die verkleinerte, verengte Welt. Unter dreißig Menschen können doch gewiß ebensogut alle Empfindungen und Leidenschaften vorkommen, wie unter dreißigtausend. Unter uns spielen Liebe und Haß, Ehr- und Rachsucht, edle und niedere Gesinnung eine bedeutende Rolle. Wir haben Armut und Reichtum, Wissen und Dummheit, Erfolg und Mißerfolg in all ihren Schwankungen und feinen Unterschieden. Man hat oft Gelegenheit, in der Schulstube den Helden, den Verräter, das Opfer, den Märtyrer zu spielen. Es sollte nur einmal ein Dichter in unsere Verhältnisse hineinblicken, er würde reichen Stoff zu spannenden Werken finden. Wir sind jähzornig und liebreich, zahm und hitzig, geduldig und frech, spöttisch und andächtig, ergriffen und leichtsinnig, gleichgültig und begeistert. Wir haben alle Arten Tugenden und Unarten unter uns, alle Sorten Spitzbübereien und Liebenswürdigkeiten. Man muß uns achten, ob man nun will oder nicht. Oft haßt sogar der Lehrer den einen oder den andern von uns aufs grimmigste. Vielleicht sollte er das nicht tun. Wir sind vielleicht eine solche ernsthafte Empfindung nicht wert. Er steht denn doch ein bißchen zu hoch, zu erhaben über uns. Mich wenigstens dünkt, er sollte uns eher verspotten als uns hassen. Wir haben einen Haupthalunken in der Klasse. Er gibt in einer Viertelstunde mehr zu lachen, als zehn andere im ganzen Jahr. Er schneidet mit unglaublicher Behendigkeit Gesichter. Er verfügt über alle Sorten Mienen. Das Schafsgesicht ist sein höchster Notzustand. Mit diesem empfängt er Prügel. Wir haben ihn alle lieb, und auch dem Furchtsamsten würde es nicht einfallen, ihn dem Lehrer zu verraten. Er ist auf gemeinsamen Spaziergängen, Ausflügen und bei Spielen unser Gott. Seine Späße, die unerschöpflich sind, erschüttern die Luft mit unserem Gelächter. Wir treiben ihn beständig zu schlimmen Streichen, die er mit der trockensten Haltung ausführt, so kühn sie uns auch scheinen mögen. Selbst der Lehrer muß oft mitlachen, wahrscheinlich, weil er von so viel Witz gerührt ist. Er ist auch ein hübscher gewandter Junge, guter Turner, intelligent, aber er ist unerhört nachlässig. Täglich fallen Schläge auf seinen Rücken hernieder. Es wird ein schlimmes Ende mit ihm nehmen, wenn man ihn auf einem seiner wilden tollkühnen Streiche ertappen

wird. Und das muß einmal geschehen. Seinen Eltern wird er damit keinen besonders großen Schmerz bereiten, denn sie sind geringe Menschen, die sich wenig des Sohnes annehmen. Er ist in gewisser Beziehung vornehm. Alle gedankenlos liederlichen Menschen sind's. Sie spielen, indem sie übeltun. Es ist ihre Leidenschaft, und von einer Leidenschaft ganz ergriffen sein, ist zwar keineswegs klug, aber schön. Er ist wie eine Art König unter uns. Wir gehorchen ihm alle gern, weil jeder ein heimliches Bedauern mit seiner Ausgelassenheit hat. So ist unsere kleine Welt. Der Lehrer ist wie eine Figur aus der großen andern. Er ist zwar zu klein, um uns groß vorzukommen.

Der Commis / Eine Art Illustration

Der Mond scheint zu uns hinein,
Er sieht mich als armen Commis –

Obgleich im Leben eine sehr bekannte Erscheinung, ist der Commis doch noch niemals zum Gegenstand einer schriftlichen Erörterung gemacht worden. Meines Wissens wenigstens nicht. Er ist vielleicht zu alltäglich, zu unschuldig, zu wenig blaß und verdorben, zu wenig interessant, der junge schüchterne Mann mit der Schreibfeder und Rechentafel in der Hand, um den Herrn Dichtern als Stoff zu dienen. Mir indessen dient er gerade. Es war mir ein Vergnügen, in seine kleine frische, wenig abgegraste Welt zu schauen, und darin Winkel zu finden, die so schattenhaft heimlich von der sanften Sonne beschienen sind. Gewiß habe ich meine Augen bei diesem schönen Ausflug zu wenig aufgetan, bin an vielen lieblichen Plätzchen vorbeigelaufen, wie es ja geschieht auf Reisen. Aber habe ich nur einiges von dem Vielen aufgezeichnet, so muß zwar das Lesen des Wenigen noch nicht geboten sein, aber es dürfte doch immerhin erfrischend und nicht zu ermüdend wirken. Entschuldige, Leser, daß ich dir vorrede. Aber Vorreden sind nun einmal eine Sucht von lustigen Schriftstellern. Also weshalb eine Ausnahme machen? Leb' wohl und verzeih mir.

Karneval

Ein Commis ist ein Mensch zwischen achtzehn und vierundzwanzig Jahren. Es gibt ältere Commis, die aber hier nicht in Betracht fallen. Ein Commis ist in seiner Kleidung wie in seiner Lebensweise ordentlich. Unordentliche fallen außer Betracht. Übrigens gibt es verschwindend wenige von letzterer Sorte. Der rechte Commis legt gewöhnlich keinen reichen Witz an den Tag; er wäre ein mittelmäßiger Commis, wenn er es täte. Ein Commis erlaubt sich in Bezug auf Ausschreitungen äußerst wenig; feuriges Temperament ist in der Regel nicht seine Sache, dagegen besitzt er Fleiß, Takt, Anpassungsgefühl und eine Menge Eigenschaften, die so köstlich sind, daß sie ein so demütiger Mann, wie ich bin, nicht oder kaum zu erwähnen wagt. Ein Commis kann ein sehr herzlicher und herzhafter Mensch sein. Ich kenne einen, der bei einer Feuersbrunst eine hervorragende

Rolle im Rettungswesen gespielt hat. Ein Commis ist im Handumdrehen ein Lebensretter, geschweige denn ein Romanheld. Warum werden Commis so spärlich zu Helden in Novellen gemacht? Ein Fehler offenbar, der endlich einmal ernstlich der vaterländischen Literatur unter die Nase gehalten werden muß. In der Politik, sowie in allen öffentlichen Fragen hat der Commis seine gewaltige Tenorstimme, wie nichts. Jawohl, wie nichts! Etwas muß besonders hervorgehoben werden: Commis sind reiche, prächtige, ursprüngliche, herrliche Naturen! Reich in jeder Beziehung, prächtig in vielem, ursprünglich in allem und herrlich sowieso. Sein Talent zu schreiben macht leicht einen Schriftsteller aus dem Commis. Ich kenne zwei, drei, deren Traum, Schriftsteller zu werden, bereits in Erfüllung gegangen ist, oder noch gehen wird. Ein Commis ist eher ein treuer Liebhaber, als treuer Biertrinker, sonst steinigt mich. Zum Lieben besitzt er eine besondere Neigung, und in jeder Art Galanterie ist er Meister. Ich habe einst ein Fräulein sagen hören, sie möchte lieber mit allem andern, als mit einem Commis eine Heirat schließen. Das hieße nur Elend versorgen. Ich aber sage, dieses Mädchen muß einen schlechten Geschmack und ein noch abscheulicheres Herz gehabt haben. Ein Commis ist in jeder Hinsicht empfehlenswert. So reinen Herzens ist kaum ein Geschöpf unter der Sonne. Besucht ein Commis etwa mit Vorliebe aufwieglerische Versammlungen? Ist er je so liederlich und anmaßend wie ein Künstler, so geizig wie ein Bauer, so protzig wie ein Direktor? Direktor und Commis sind zwei verschiedene Dinge, Welten, so weit von einander entfernt wie Erde und Sonne. Nein, eines Handelscommis' Gemüt ist so weiß und reinlich wie der Stehkragen, den er anhat, und wer hat schon einen Commis mit anders als tadellosem Stehkragen gesehen? Ich möchte wissen, wer?

Immer noch Verkleidung

Schüchtern kann der Poet sein, der, von der Welt verachtet, sich in seiner einsamen Dachkammer die Manieren, die in der Gesellschaft gelten, abgewöhnt hat, aber ein Commis ist noch viel schüchterner. Wenn er vor seinen Chef tritt, eine zornige Reklamation im Munde, weißen Schaum auf den bebenden Lippen, sieht er da nicht wie die Sanftmut selber aus? Eine Taube könnte ihr Recht nicht milder und sanftmütiger verfechten. Ein Commis überlegt hundert-, ja tausendmal, was er unternehmen will, und nur, wenn er sich vor eine Entschei-

dung gestellt sieht, zittert er vor Tatendrang. Dann wehe jedem, der sein Feind ist, wäre es selbst der Herr Direktor! Sonst aber ist ein Commis nie mit seinem Los unzufrieden. Er führt mit Behagen sein stilles Schreibdasein, läßt Welt Welt, und Streitereien Streitereien sein, ist klug und weise, und sieht aus, als ob er sich in sein Schicksal ergäbe. Bei seiner eintönigen und einfarbigen Beschäftigung hat er nicht selten Gelegenheit, zu spüren, was es heißt, ein Philosoph sein. Er hat, vermöge seiner ruhigen Natur, das Talent, Gedanken an Gedanken zu reihen, Einfall an Einfall, Blitzidee an Blitzidee, und mit bewundernswerter Gewandtheit koppelt er seine Gedankenkolosse wie einen Güterzug von unabsehbarer Länge zusammen, vorn Dampf, hinten Dampf, und so sollte es nicht vorwärtsgehen? Über Kunst, Literatur, Theater und andere nicht gerade sehr propere Dinge weiß demnach der Commis mit richtigem Urteil, mit vielem Takt und vieler Besonnenheit stundenlang zu reden. Nämlich im Bureau, wenn er glaubt, sich ein bißchen der Allgemeinheit widmen zu sollen. Schießt dann der Chef mit Donner und Hagel hinein, was zum Teufel es da so eifrig zu disputieren gäbe, husch, ist das intelligente, seitenlange Gespräch weg und der Commis wieder er selbst. Das ist sicher, ein Commis ist äußerst verwandlungsfähig. Er kann rebellieren und gehorchen, fluchen, und beten, sich winden und trotzen, lügen und die Wahrheit sagen, schmeicheln und aufprotzen. In seiner Seele finden die mannigfaltigsten Empfindungen so gut Platz wie in den Seelen anderer Menschen. Er gehorcht gern und widersetzt sich leicht. Für letzteres kann er jedesmal nichts; (Ich wiederhole mich zwar nicht gern, aber:) – denn gibt es etwas Sanfteres, Willigeres, Gerechteres auf Erden als ihn? Für seine Bildung ist der Commis besorgt und wie! Den Wissenschaften, den zeitraubenden Wissenschaften widmet er einen großen Abschnitt seines Lebens, und er würde sich gekränkt fühlen, wollte man leugnen, daß er auch hierin ebenso gut glänze, wie in Dingen seines eigenen Faches. Obgleich Meister in seinem Fach, schämt er sich, es zu zeigen. Diese schöne Gewohnheit führt ihn manchmal sogar so weit, daß er lieber ein Dummkopf als ein Überlegener erscheinen will, was ihm oft unverdiente, vorschnelle Rügen zuzieht. Aber was schadet das einer stolzen Seele!

Gelage

Die Welt und das Wirkungsfeld eines Commis ist das enge, schmächtige, karge, trockene Bureau. Die Werkzeuge, mit denen er meißelt und schafft, sind Feder, Bleistift, Rotstift, Blaustift, Lineal und allerhand Zinstabellen, die sich einer näheren Beschreibung gerne entziehen. Die

Feder eines rechtschaffenen Commis ist meist recht spitz, scharf und grausam. Die Schrift ist meist sauber, nicht ohne Schwung, ja, sogar manchmal zu schwungvoll. Beim Ansetzen der Feder zaudert ein tüchtiger Commis einige Augenblicke, wie um sich gehörig zu sammeln, oder wie um zu zielen wie ein kundiger Jäger. Dann schießt er los, und wie über ein paradiesisches Feld fliegen die Buchstaben, Worte, Sätze, und ein jeder Satz hat die anmutige Eigenschaft, meist sehr viel auszudrücken. Im Korrespondieren ist der Commis ein wahrer Schelm. Er erfindet im raschen Fluge Satzbildungen, die das Erstaunen von vielen gelehrten Professoren erwecken dürften. Aber wo sind diese süßen Schätze echt volkstümlicher Sprachbegabung? Einfach untergegangen! An Commis dürfen sich unbescheidene Dichter und Gelehrte wohl sanft ein Beispiel nehmen. Sie sind es, die Dichter namentlich, die hoffen, mit jedem Sprachfetzen, den sie absetzen, berühmt und entschädigt zu werden. Wie viel edler und reicher ist da die Handlungsweise und das Benehmen der Commis, die, so ärmlich sie auch äußerlich auftreten mögen, doch einen Reichtum besitzen, der wahrhaft üppig genannt zu werden verdient. Reich sein, heißt noch lange nicht, in den Augen der oberflächlichen Welt als reich erscheinen. Und wahrhaft arm sein, heißt, reich scheinen müssen, wenn man alle Merkmale einer kargen und bösen Armut in sich trägt. Dies ist offenbar zugunsten unseres diesjährigen Günstlings, des Handelscommis, gesprochen, aber verdient er es etwa nicht? Ein guter Rechner und Haushalter ist der Commis ohne allen Zweifel. Ihr Frauen, warum macht ihr euch nicht beizeiten an solche Männer? Ein guter Rechner ist meistens ein guter Mensch, das beweist ein Commis zehnmal im Tage. Spitzbuben und Landstreicher können ihr Lebtag keine Addition ordentlich erfüllen. Exakt zu rechnen ist einem liederlichen Menschen rein unmöglich. Man sieht das meistens an Künstlern, die ich so ziemlich alle für liederlich halte. Wenn ich den Commis vor Augen habe: wer vermöchte da noch zu bestehen? Ein Commis versteht in der Regel sieben bis acht Sprachen recht perfekt. Er spricht spanisch wie ein Spanier und deutsch wie er selber. Ist dagegen irgend eine spöttische Einwendung zu machen? Im Notieren seiner Einnahmen und Ausgaben, seiner Empfindungen und Beobachtungen, seiner Gedanken und Einfälle ist der Commis einzig. Er kann dergleichen bis ins Lächerliche treiben. Sonst aber findet jeder Wohlwollende nur Schönes und Nachahmenswertes an ihm.

Die Welt, worin der Commis arbeitet, ist eng, seine Werkzeuge sind kleinlich, seine Tätigkeit verschwindet wesentlich vor andern Tätigkeiten. Nun sagt, ist das etwa kein hartes Schicksal?

Ein neuer Gesellschafter

Der verehrte Leser gestatte, daß ich ihm ein Exemplar aus meiner Handelsmenagerie vorstelle. Es ist ein Commis von ungefähr zwanzig Jahren, einer von den hoffnungsvollsten. Sein Eifer und Fleiß haben noch keinen Schlag von der Tücke der Zeit erlitten. Sein Streben in allen nützlichen Sachen blüht wie eine Rose, und was die Farben seiner echt handelsmäßigen Denkweise betrifft, so geben sie den feurigen einer Tulpe nichts nach. Ich sehe ihn jeden Morgen, Mittag und Abend beim Essen, und nach dem Betragen beim Eßtisch ergibt sich vieles. Er benimmt sich fast zu tadellos. Er könnte wohl hie und da etwas Flegelhaftigkeit wie süße, gelbe Sonne durchschimmern lassen, aber fällt ihm nicht ein. Geschieht das absichtlich, um mir eine bequeme Zeichnung seiner Person zu erschweren? Merkt der Bursche wohinaus es mit ihm soll? Ah, Commis sind schlau! Jedermann wird zugeben, daß es für mich viel schwerer ist, sein tadelloses Wesen zu nüancieren, als wenn er sich nicht einwandfrei darstellte. Fehler und Schwachheiten an einem Menschen bieten einem schreiblustigen Autor die beste Gelegenheit, rasch zu Witz zu kommen, also rasch berühmt zu werden, also rasch Vermögen zu machen. Mein Statist hier scheint mir eine Karriere zu mißgönnen, aber warte Bursche, wir wollen dich schon anpacken. Der Wahrheit soll deswegen auch kein Härchen gekrümmt werden. Die feste Wahrheit ist und soll tonangebend bleiben. Unser Mann ißt wenig, alle gescheiten Leute tun das. An der Unterhaltung beteiligt er sich nur vorsichtig, wiederum ein Zeichen vorteilhafter Klugheit. Seine Worte kommen nicht, sie schleichen aus seinem Mund; nun, was kann er dafür? Vielleicht ein Fehler im Bau seiner Lippen. Er ißt mit Delikatesse, die Führung von Löffel, Messer und Gabel versteht er ausgezeichnet. Er wird rot, wenn von Unflätigem die Rede ist, eine feine Übung! Er wagt es niemals, als der Erste vom Tisch wegzuspringen, das läßt er sehr taktvoll Ältere tun. Er sieht sich beständig beim Essen um, mit dem freundlichen Wunsche, jemand mit einer Handreichung zuvorzukommen. Welcher ebenso Hochgestellte täte das? Sagt ein Erfahrener am Tisch einen halben Witz, so lacht er höflich; sagt dagegen ein Lehrbursche einen ganzen, so schweigt er. Er denkt gewiß so: Was sollten halbe Witze machen, wenn man ihnen nicht mit dienstfertigem Lachen zur Tür hinaus, und aus der Atmosphäre heraus hülfe? Ganze mögen unbelacht bestehen. Und dann: Wäre es nicht schrecklich, dazusitzen und ältere Leute erröten zu sehen, weil ihr Ausspruch keinen Anklang gefunden? Leser, Du mußt zugeben, dieser arme einsame Commis denkt sehr edel! Ja, beim Essen studiere ich mit Vorliebe meine Leute. Noch eins: das Äußere unseres Mannes entspricht seinem Tun; und, da dieses nicht unwürdig ist, wie wir sehen, kann jenes auch nicht unschön sein.

Stumme Minuten

Oft kommt es dazu, daß ein Commis stellenlos wird. Er ist entweder gejagt worden, oder er hat, was weit öfters geschieht, freiwillig seinen Abschied genommen. Dies tun die unruhigen Naturen unter diesem Volk, und es sind meist unglückliche Menschen. Man verachtet einen brotlosen Arbeiter lange nicht so wie einen stellenlosen Commis, und das hat seine Gründe. Ein Commis, solang er in Stellung ist, ist ein halber Herr; außer Stellung sinkt er zu einem linkischen, überflüssigen, lästigen Nichts herab. Man betrachtet ihn als einen verkommenen Menschen, zu nichts mehr anstellbar auf der Welt, und das ist sehr traurig und ungerecht. Freilich muß eine gewisse, unbestreitbare Liederlichkeit in ihm liegen, etwas Böses, Schadhaftes in seinem Charakter; aber ist deshalb der ganze Mensch zu nichts mehr nutz? Gottlob, es gibt wenig dieser herabgekommenen Handelsbeflissenen, sonst möchte es schlimm mit der öffentlichen Ordnung und Ruhe stehen. Hungernde Commis sind eine der schrecklichsten Erscheinungen. Hungernde Arbeiter sind lange nicht so schrecklich. Arbeiter können vom Platz weg immer wieder Beschäftigung finden, Commis niemals, wenigstens nicht in unserem Lande. Ja, lieber Leser, in diesem Aufsatz, in welchem ich dir von den armen verachteten Stellenlosen berichte, vermag ich den spaßhaften Ton der früheren Abschnitte nicht aufzunehmen, es wäre auch zu grausam. Was tun meistens stellenlose Commis? Sie warten! Sie warten auf neue Anstellung, und während sie warten, martert sie die Reue, die ihnen im kältesten Ton Vorwürfe macht. Gewöhnlich steht ihnen niemand bei, denn wer will etwas mit so unsauberem Gesindel zu schaffen haben? Es ist traurig, ich kenne einen, er war sechs Monate stellenlos. Er wartete mit fiebernder Angst. Der Briefbote war ihm Engel und Teufel; Engel, wenn er seine Schritte seiner Haustür näherte, Teufel, wenn er achtlos vorbeischritt. Dieser Commis fing an, aus verzehrender Langeweile Gedichte zu schreiben, und er hat deren einige schöne gemacht. Er war eine feine, empfindliche Seele. Ob er jetzt Stellung hat? Nein, er hat sich neuerdings aus der neuen Stellung gestrichen, so blöde und unklug ist er. Es muß eine Art Krankheit bei ihm sein, daß er es nirgends aushalten kann, und einige, die Einsicht in derlei Sachen haben, sagen ihm ein schlimmes Ende voraus. Kein Zweifel, er wird zugrunde gehen. Man sieht daraus, unter den viel belächelten, unbedeutenden Commis gibt es auch sehr tragische Schicksale. So wunderbar ist die Natur! Nicht einmal ein Commis ist ihr zu gewissen Zwecken zu wenig. Wenn dir das Weinen kein Ekel ist, Leser, oder du, sanfte Leserin, wenn du einmal über einen Kummer weinst, so vergiß nicht, eine Träne aus deinen süßen Augen dem Commis aufzubehalten, der die heillose Krankheit hat, die ich dir oben beschrieben habe.

Ein Brief zum Besten

Liebe Mutter! Du fragst mich, wie es mir in meiner Stellung behagt? O ganz gut so weit. Die Arbeit ist eine leichte, die Leute sind höflich, der Chef ist streng, aber nicht ungerecht, was kann man mehr verlangen! Ich habe mich sehr rasch in mein Feld hineingearbeitet; der Buchhalter sagte mir es neulich, ich mußte lachen. Saure und böse Stunden gibt es auch, aber die muß man nicht allzu schwer nehmen. Wofür besitzt man Vergeßlichkeit! Ich erinnere mich mit Vorliebe guter und schöner Stunden, lieber und wohlwollender Gesichter, so freue ich mich immer doppelt und zehnfach. Freude scheint mir das Wichtigste und Köstlichste und am meisten wert, dem Gedächtnis aufzubewahren. Was hindert mich denn, das Traurige so schnell als möglich zu vergessen? Ich habe gern recht viel Arbeit um mich herum. Sobald ich träge sein muß, werde ich mißmutig und traurig. Dann denke ich, und das Denken ohne Sinn und Zweck stimmt traurig. Schade, daß ich nicht mehr zu tun habe, ich wäre so gern ganz von der Arbeit in Anspruch genommen. Ich muß überhaupt beständig in Anspruch genommen sein, sonst fängt es an, in mir zu rebellieren. Du verstehst mich, nicht wahr? Ich habe gestern zum erstenmal mein neues schwarzes Kleid getragen. Es stehe mir vortrefflich, sagen alle Leute. Ich war auch stolz darin und habe mich beinahe nicht mehr wie ein Commis betragen. Aber das läuft auf eins hinaus. Commis bin ich nun doch vorderhand, und werde es wohl noch lange bleiben. Was schwatze ich da! Will ich denn etwas anderes sein? Ich begehre nicht hoch hinaus in der Welt, ich habe nicht die nötige Figur zu etwas Hohem. Ich bin so schüchtern, liebe Mutter, so rasch mutlos, nur die Arbeit läßt mich alles vergessen. Manchmal habe ich so Sehnsucht, wie soll ich es nur nennen? Dann ist mir nichts recht, dann mache ich nichts recht. Aber, liebe beste Mutter, das ist auch nur, wenn ich müßig sein muß. Man beschäftigt mich zu wenig. O ich fühle es so gut, daß im Müßiggang die Sünden lauern. Bist Du gesund, liebe Mutter? Ja, Du mußt gesund sein, Du mußt gesund bleiben. Du sollst sehen, wie viel Freude ich Dir noch mache. Wenn ich Dir nur tausend und tausendmal Freude machen kann! Wie schön Gott die Welt gemacht hat. Sieh, wenn ich mir Freude mache, mache ich sie zugleich Dir, Arbeit ist meine einzige rechte Freude, mit Arbeiten komme ich tüchtig vorwärts, und mein Vorwärtskommen macht wieder Dir Freude. Leb wohl. Wenn ich etwas anderes als diese Worte wüßte, um Dich von meinem ehrlichen Bestreben zu überzeugen, ich würde nicht verfehlen, es anzuwenden. Aber ich weiß, Du hältst das Beste von mir. Du gute Mutter. Adieu, Adieu!

Dein gehorsamer Sohn.

Lebendes Bild

Eine Bühne! Ein kahles, peinlich sauberes Bureau. Pulte, Tische, Stühle, Sessel. Im Hintergrund ein großes Fenster, durch welches ein Stück Landschaft mehr hineinfällt, als hineinsieht. Rechts im Hintergrund die Tür. Links und rechts einfache Wände, an denen Pulte stehen. Mehrere Commis sind beschäftigt, wie man sie im wirklichen Leben beschäftigt sieht: Bücher auf- und zuschlagen, Federn anprobieren, husten, zischeln, lächeln, leise fluchen, in sich hinein wüten. Ein junger blasser Commis von auffallender Schönheit und von auffallend anmutigen, stillen Gebärden handelt stumm im Vordergrund. Er ist schlank, hat schwarzes Lockenhaar, das um seine Stirne wie lebendig spielt, und feine schmale Hände: ein Commis für einen Roman. Er selber aber scheint keine Ahnung von seiner Schönheit zu haben. Bescheiden und schüchtern sind seine Bewegungen, leise und furchtsam seine Blicke. Er hat schwarze, tiefschwarze Augen. Manchmal spielt um seine weichen Lippen ein freundliches, schmerzliches Lächeln. In solchen Momenten, das empfindet der Zuschauer lebhaft, ist er hinreißend schön. Man fragt sich, was will der junge schöne Künstler hier im Bureau? Merkwürdig, man muß ihn unbedingt für einen Künstler halten, oder dann für ein armes Aristokratenkind. Beides ist fast das gleiche. Nun schießt der breitschultrige, wohlgenährte Chef hinein, die Commis sind in ihre momentanen lächerlichen Haltungen, die sie sogar teilweise kompromittieren, festgebannt, so beherrschend wirkt auf diese Menschen der Eintritt ihres Vorgesetzten. Nur der Schöne tut wie sonst: unbekümmert, arglos, unschuldig! Der Chef wendet sich aber gerade an ihn, und, wie es deutlich erkennbar ist, recht unfreundlich. Der Schöne errötet vor dem Rohen, Gewaltigen. Dieser schießt wieder hinaus, die Commis atmen auf, jener aber ist dem Weinen nahe. Er kann Vorwürfe nicht ertragen, so zart ist seine Seele. Weine doch nicht, Schöner, geht ein seltsames Empfinden durch die Herzen der Zuschauer: weine doch nicht, Schöner. Namentlich Frauen empfinden das. Ihm aber laufen große Tränen aus den schönen Augen, die feinen Wangen hinunter. Er stützt den Kopf und versinkt in Nachdenken. Unterdessen ist es Feierabend geworden; die Landschaft im Fensterrahmen wird dunkler und dunkler. Sie deutet es also an. Die Commis verlassen mit fröhlichem Geräusch ihre Plätze, legen das Werkzeug zusammen und springen davon. Dies geschieht sehr schnell, so wie es in der Wirklichkeit ebenfalls zu geschehen pflegt. Nur der Schöne bleibt, in seinem Nachdenken versunken. Armer, einsamer Schöner! Warum bist du Commis? Hat die Welt keinen besseren Platz für dich, als das enge, dumpfe Bureau? Nun mußt du nachdenken, nachdenken, ach, und unterdessen fällt der tote, grausame, alles tötende Vorhang. –

Traum

Ein Commis hat mir einmal folgenden Traum erzählt: Ich befand mich in einem Zimmer. Plötzlich gingen die Wände des Zimmers auseinander. Ich starrte. Ein Wald von Eichen flog herein, und in dem Wald war es so düster, so schwarz. Dann verbog sich der Wald, etwa so, wie sich eine Seite von einem großen Folianten umbiegt, und ich befand mich auf einem Berg. Ich stürmte mit meinem Kameraden, ebenfalls einem Commis, den Berg hinunter. Wir gelangten an einen schwarzen, nebligen See und warfen uns zwischen dem Schilf ins schmutzige kalte Wasser. Da rief von oben eine helle Frauenstimme, wir sollten doch hinauf kommen. Wie sich das in meine Ohren hineindrang! Ich ging aus dem Wasser, stürmte den steilen, felsigen Berg hinan, zog mich an kleinen Baumstämmen heftig hinauf; unter mir spürte ich die immer wachsende, schauerliche Tiefe. Ich wollte mich eben über den letzten steilen Felsen emporschwingen, aber ich sank: der Felsen war weich wie ein Stück Tuch, gab nach, senkte sich mit mir, dem Klammernden, dem Abgrund zu. Ein unendliches Schmerzgefühl durchbohrte mich. Ich sank und sank, und befinde mich am Ende wieder in dem Zimmer vom Anfang. Es regnet draußen. Die Tür geht auf, und eine Frau tritt herein, die ich von früher her sehr gut kenne. Wir sind auseinandergekommen. Ich habe sie, oder sie hat mich gekränkt, was tut das zur Sache? Aber nun ist sie so lieb, so freundlich; sie tritt lächelnd gerade auf mich zu, setzt sich nahe zu mir, umschlingt mich, und sagt, nur mich allein von allen Menschen der Erde habe sie lieb. Ich denke flüchtig an meinen Kameraden. Aber ich bin so glücklich, daß ich ihn nicht lange im Gedächtnis behalten kann. Ich fasse die Frau um den schönen schlanken Leib, fühle die Art ihres Stoffes, Kleidstoffes, und sehe ihr in die Augen. Diese sind so groß und so schön. Habe ich je ein ähnliches Glück gehabt? Trotzdem es regnet, gehen wir spazieren. Ich presse mich an sie, und es scheint mir, als wolle sie mich noch näher an sich heranziehen. Was für ein weicher, tönender Körper! Welches Lächeln von den Lippen! Welche Übereinstimmung von Leib, Bewegung, Sprache und Lächeln! Wir sprechen so wenig. Ihr seltsames Kleid scheint zu mir zu sprechen. Seltsam: es kommt uns kein Sinn ans Küssen. Die Überraschung in unserer Liebe ist vielleicht noch zu heftig. Was weiß ich! Sie, die ich mir für immer verfeindet glaubte, nun in meinen Armen zu haben, den Duft dieser geliebten Hände mein zu wissen, das geht über mein Fassen, fast über mein Fühlen. Wir treten wieder ins Zimmer. Der Kamerad sitzt da; sieht uns erstaunt an und geht fort. Haben wir ihm wehe getan? Ich frage mich das. Sie aber stürzt wie eine geknickte Blume zu meinen Füßen, küßt mir die Hände, will nur mich, mich allein von allen Menschen der Erde lieb haben. – Dies habe ich von einem Commis.

Erklärung

Vorliegende Blätter sind mehr Laune, Windspiele und Empfindung, als gewissenhafte Zeichnung. Einen gewissen Ernst wird indessen auch der Ernsthafteste darin vorfinden. Ich will nun zum Schluß noch versuchen, trocken darzulegen, wie mir die Welt, in die ich mich so unbesonnen hineingetanzt habe, vorkommt. Commis sind im allgemeinen ebenso naive wie tüchtige Leute. Laster findet man unter ihnen selten. Etwas Spaßhaftes muß ihnen anhaften, sonst hätte ich, der ich sie so ziemlich gut zu kennen glaube, gewiß keinen Anlaß gehabt, im Eingang dieser Blätter über sie zu lachen. Aber es sollte mich wundern, wenn jemand diesem Lachen Bosheit entnehmen könnte. Commis sind sehr achtenswerte Leute, und daß man ihnen in öffentlichen Dingen weniger Bedeutung schenkt, als dem Studenten oder dem Künstler, hat mit dem Gefühl lediglicher Achtung nichts oder wenig zu tun. Sie tun ihre Arbeit in Ruhe, Zurückgezogenheit und Bescheidenheit, ein Vorzug, der namentlich ihnen und auch andern sehr wohltut. Sie haben Gefühl für Freundschaft, Familie und Vaterland. Die Natur lieben sie. Sie ist ihnen ein überaus wohltuender, angenehmer Gegensatz zu der Enge und Geschlossenheit ihres Arbeitsfeldes. In Dingen schöner Kunst sind sie durchweg bemüht, sich ein natürliches, einfaches Urteil zu bilden. Die Dichter und bildenden Künstler ihres Landes sind ihnen nicht gleichgültig. Es gibt Stände, die viel mehr Hochachtung und öffentliche Vorteile als sie genießen, die aber in Dingen des natürlichen Geschmacks viel weiter zurück sind, als sie, die weniger Bevorzugten. Sie stammen meistens aus den guten Familien des Landes. In politischen Angelegenheiten wissen sie mitzureden; sie tun es herzlich, aber vernünftig. Das Studium der Landesgesetze erscheint ihnen als eine unumgängliche Pflicht, und ihr Gedächtnis und ihren Verstand strengen sie weit mehr an, sich solches einzuprägen, als die Angehörigen einer bevorzugten Klasse. Sie sind gutmütig und höflich und zugleich freisinnig. Gegen Niedere sind sie sehr freundlich, gegen Höhergestellte wissen sie ihren Wert und Standpunkt zu verteidigen. Sie haben etwas wie Eitelkeit an sich, die sich leicht erkennbar gibt; nun das gerade schätze ich an ihnen. Eitel ist jeder Mensch von nur einiger Intelligenz, und der ist am eitelsten, der zu verstehen geben will, er sei es nicht. Lastern gegenüber verhalten sie sich als peinlich genaue, saubere und gewissenhafte Menschen, meist kalt ablehnend. Daß sie auch ihre Fehler haben, werden sie selbst gewiß nicht leugnen wollen. Wer hätte sie nicht! Aber es liegt mir daran, zumeist das sie Empfehlende hervorzuziehen. Spricht man doch viel häufiger übel als wohlwollend von den Menschen. Nun, ich verstehe das nicht. Mir wenigstens macht es ein viel größeres Vergnügen, Welt und Menschen zu schätzen und zu verehren, als zu mißachten und zu bespotten. Mit diesen Worten, so hoffe ich, habe ich die vorige, etwas übermütige Art, vom Commis zu sprechen, wieder gut gemacht. Ich wünsche es von ganzem Herzen.

Ein Maler

Diese Blätter aus dem Notizbuch eines Malers sind mir, wie man so sagt, zufällig in die Hände geraten. Mir erschienen sie nicht so unbedeutend, als daß ich nicht glaubte, sie veröffentlichen zu dürfen. Über die darin niedergelegten Kunstansichten kann man gewiß verschiedener Meinung sein. Das ist aber auch nicht das wichtigste, sondern das andere, Dazwischenliegende, das rein Menschliche in den Blättern erschien mir als das Bedeutendere, wirklich Lesenswerte.

Dies soll eine Art Tages- oder Notizbuch werden. Ich werde die Blätter, wenn sie zu Ende geschrieben sind, verbrennen. Wenn sie zufällig aufbewahrt werden, so mögen sie nur einem neugierigen, schwatzhaften Schriftsteller in die Hände fallen; was kann mir daran liegen? Die Welt ist mir gleichgültig, ebenso die Menschen, ebenso diese paar Aufzeichnungen. Ich schreibe zu meinem Vergnügen, so zwischen dem Malen hindurch, wie ein Dieb, wie ein Erzschelm; ich habe immer gern kleine Streiche verübt. Und welch harmloser, unbedeutender Streich ist dieses Aufschreiben! Ich lege etwas von meiner Gesinnung, etwas von meiner Kunstanschauung, etwas von meiner Seele darin ab, wie auf einem kleinen, bescheidenen Opferaltar, könnte ich sagen! Warum auch nicht? Das Schreiben ist überdies für die Malerhand eine amüsante Abwechslung, warum sollte ich das meiner Hand nicht gönnen? Ich bin nun schon seit einigen Wochen in dieser Villa, mitten in den Bergen, unter Tannen, zwischen den lieben, einsamen Felsen. Den ganzen Tag, fast die ganze Woche haben wir Nebel. Der Nebel geht hier nie ganz weg, nur bei ganz klarstem Wetter. Ich liebe den Nebel, so wie ich alles liebe, was feucht, kalt und farblos ist. Ich habe nie Ursache gehabt, mich nach mehr Farben zu sehnen, denn ich habe immer, von frühester Jugend auf, da Farbe gesehen, wo beinahe keine war. Ich habe also des Künstlers Drang, nach südlichen, sonnigen, farbigen Ländern zu gehen, nie begriffen. Mir war Grau immer eine der liebsten, vornehmsten, süßesten Farben, und in diesen Bergen herrscht sie zu meinem Entzücken überall. Selbst das Grün erscheint hier grau: die Tannen! Wie ich sie doch liebe, die heiligen Tannen, es ist nicht zu sagen. Dann der Nebel! Ich streiche oft nur umher, um mit dem Nebel in der Wette umherzustreichen. Das steigt, das fällt, das zieht sich hin, das schleicht, das schießt plötzlich seitwärts, es ist wundervoll. Wie weiße Schlangen! Aber ein Dichter kann das nie sagen, das kann nur ein Maler sagen. Ich könnte kein Dichter sein, denn ich liebe die Natur zu ungestüm, und: ich liebe nur sie. Ein Dichter aber soll vorwiegend über Welt und Menschen berichten. In der Naturschilderung wird er immer hinter dem Maler zurückbleiben, es ist nicht anders möglich. Der Pinsel wird auch die feinste Wortübung immer zuschanden machen, und es ist gut, daß es so ist. Jede Kunst soll und muß ihre Grenzen haben, damit nicht die eine die andere verschlingt. Ich werde in diesen Blättern ganz zwanglos zu mir selber reden, aber ich weiß selber nicht, so wie ich fortschreibe, überfällt mich ein gewisses, nicht zu verdrängendes Verantwortungsgefühl für das, was ich schreibe. Liegt das im Schreiben überhaupt, oder habe ich das bloß so? Gut, ich werde es zu erforschen wissen. Wie doch alles seinen besonderen Sinn, und jeder Sinn seine Bedingungen hat! Es ist in der Tat merkwürdig.

Die Villa, in der ich hier lebe, ist nicht etwa meine Villa. Nein, sie gehört einer Gräfin, einer überaus liebenswürdigen, vornehmen Frau, deren Bekanntschaft ich in der Hauptstadt gemacht habe. Auch sie liebt die Stille, die Einsamkeit verschlossener Täler, die Luft der Berge, den Geruch der Tannen und des Nebels. Sie wohnt hier, und ich fühle mich fast wie ihr Gefangener. Seltsam prickelndes, reizendes Gefühl, das! Ich war arm und elend, als ich sie, oder sie mich kennen lernte. Sie schätzte sogleich den Künstler an mir, trieb mich an, die Stadt zu verlassen, ihr in die Berge zu folgen, und ich habe es ohne Bedenken getan. Nie seither habe ich es zu bereuen gehabt. Überdies bereue ich niemals etwas, da ich weiß, daß aus allem etwas Besonderes, oft sogar Schönes entstehen kann. Ich sehne mich nicht nach der Stadt zurück, ich bin über dergleichen Anwandlungen hinaus. Wo ich bin, schaffe ich, und wo ich schaffe, nur da bin ich. Wo ich am ungestörtesten malen darf, muß es mir also am besten behagen. Die Bilder, die ich male, gehören alle, ohne Ausnahme, der Gräfin. Dafür gibt sie mir zu leben, und wie zu leben! Ihre Erziehung, ihr Geschmack, ihr Herz bürgen mir dafür, daß mir das Leben in ihrer Nähe immer etwas Angenehmes sein wird. Könnte man einen bessern Kontakt eingehen? Überdies darf ich gehen, wenn ich gehen will. Es bindet mich

nichts. Aber hier bindet mich alles: die Natur, die Sorglosigkeit, die Kunst, das Gefühl, zu Hause zu sein. Habe ich also nicht recht, wenn ich sage, daß ich wie ein Gefangener der Gräfin lebe? Der Gräfin? Es ist so seltsam! Ich beziehe alles auf sie: die Gegend, die Berggipfel, das schäumende Tal, die Tannen, alles, alles lebt wie in Beziehung zu ihr, der Herrschenden. Es gehört ihr alles. So wenigstens bildet es sich mein Gehirn gern ein. Vielleicht empfinde ich so infolge der Güte und der Achtung und der Zartheit, mit der sie mich und meine Kunstfertigkeit zu behandeln gewohnt ist. Ich betrachte sie leicht und fast selbstverständlich als Herrin über mein Leben, da es angenehm für mich ist, mich geschützt und geschätzt zu wissen. Mit welcher Freundlichkeit nahm sie sich meiner an, als ich im tiefsten Elend und Schmutz lebte, in jener Großstadt, wo Freiheit und Vogelfreiheit oft dasselbe sind, wo der Kummer der Vielen das glänzende Glück der Wenigen ausmacht, wo der Künstler entweder stirbt, oder seine Kunst preisgibt, und wo Adel und vornehmes Fühlen in Lumpen einhergehen, während das freche plumpe Laster Paläste bewohnt. Nein, der Gräfin bin ich ganz zu eigen. Ich wäre es sogar noch, wenn sie von meiner Bereitwilligkeit einen schonungsloseren Gebrauch machte, und gern! Aber wie wenig verlangt sie! Sie schätzt die Kunst so hoch, daß sie nicht anders kann, als dem Künstler achtungsvoll zu begegnen. Nie ist die kleinste, geringste, unbewachteste Bewegung an ihr mir gegenüber anders als edel und schön. So kann aber auch nur eine Frau sein. Wirklich, ich habe die Überzeugung, so kann nur eine Frau sein.

Der Ruhm ist mir gleichgültig, da ich die Menschen kenne, wie ihre Sucht, Schönes und Schlimmes dicht hintereinander zu sagen. Die Urteilslosigkeit der Menge ist nur ein breiteres Abbild von der Urteilslosigkeit der Gebildeten. In Kunstsachen namentlich herrscht hüben und drüben ein recht bitterer Mangel an sicherem Urteil, und das ist auch nicht zum Verwundern bei der Ungeschultheit unserer Künstler. So zerfahren das Kunstpublikum ist, der Künstler ist meist noch zerfahrener. Was geht es mich an! Meine Aufgabe ist es nicht, hier Ordnung zu schaffen, wo wahrscheinlich nie Ordnung sein wird. Es gibt unter Kunstkennern und Künstlern herrliche Ausnahmen, die aber meist still und ruhig sind, wenig von sich reden machen, also zu erkennen geben, daß es nicht ihr Plan ist, Einfluß auszuüben. Diese wissen genau, wie viel neuer Irrtum und wie wenig Fortschreitendes aus Einfluß entsprießt. Ruhm ist mir also vollständig Nebensache. Ich möchte gerne berühmt sein, aber unter kraftvolleren, edleren Menschen! Ruhm ist eine wundervolle, göttliche Sache, aber ihr Wert verschwindet, wird sie nur ausgeschrieen, nicht ausgehändigt. Also fort damit. – Mein Malen hat mit der Sucht und Sehnsucht nach Ruhm und Anerkennung nichts mehr zu schaffen. Ich lebe sorgenlos, ich brauche vor dem Morgen keine Angst zu haben; was sollte mir da wohl Anerkennung nützen? Ob ich für tausende, oder nur für eine male, tut der Sache selbst keinen Abbruch. Malen bleibt Malen, ob für viele Augen oder nur ein einziges Auge, ist wirklich gleichgültig. Ich male, vor allem für meine Augen. Ich hätte schon lange keine Augen mehr, wenn ich nicht malen dürfte. Das ist stark gesprochen, aber ich will auch, daß ich mich stark ausdrücke. Die Gräfin hat eine immer wachsende Freude an meinen Bildern. Für eine einzige große, starke Freude malen dürfen, ist viel schöner als für die gesprenkelte, abweichende, haltlose Freude einer Masse. Dazu kommt, daß die Frau Gräfin wirklich allerfeinste Kunstkennerin ist. Sie versteht und fühlt die ganze Aufgabe des Malers. Sie folgt oft den Ausführungen meines Pinsels mit einem Mitleiden, wie wenn ein Menschenleben daran hinge. Die Vollendung eines neuen Bildes erfüllt ihre Seele mit dem kindlichsten Glück. Sie weiß, nur Bilder erringen bei mir die Vollendung, die ich unbedingt für geglückt und gelungen halte. Deshalb darf sie sich auch ruhig der Freude überlassen. Wie liebe ich sie, um dieser feinen Empfindung willen. Nur schöne Menschen haben ungeheuchelte Freude am Schönen. Sind meine Bilder denn schön? Ja, sie sind es! Ich kann und muß mir das sagen. Ohne diese Überzeugung im Herzen würde ich keinen Augenblick länger fortmalen wollen. Übrigens weiß ich, daß ich von einer geradezu krankhaft verletzbaren Bescheidenheit bin. Dies beruhigt mich. Und dann, der Gräfin edler Kunstsinn sich niemals einer feigen und plumpen Täuschung hingeben. Man sieht, wohin meine Ruhmsucht strebt.

Was ich male? Nichts als Porträte, Bildnisse der Natur und von Menschen, peinlich genaue Bildnisse. Ich liebe es nicht, mit dem Pinsel zu dichten, zu fabulieren, zu phantasieren, zu erzählen. Dies ist gegen meine Art, gegen meinen Geschmack. Wofür haben wir Dichter? Nein, es kommt mir darauf an, treueste Natur zu geben, sie zu geben, wie meine Seele (und die sitzt vorn in meinem Auge) sie sieht, sie zu sehen, wie sie ist. Nichts anderes. Und das ist so viel. Man kann es auch Phantasieren nennen. Ich phantasiere ja auch, indem ich zu sehen bemüht bin: meine Augen sind es alsdann, die phantasieren. Vor allem aus: mein Verstand hat nichts, oder nur äußerst wenig mit meinem Malen zu tun. Ich lasse meine Empfindung, meinen Instinkt, meinen Geschmack, meine Sinne malen. Der Kunstverstand ist zum Studieren gut, zum Erlernen der Kunstgesetze: mit ihm arbeitet der Schüler. Aber das wissen andere ebensogut wie ich. Man sollte meinen, ich sei viel draußen in der Natur, vielleicht sogar mit dem Skizzenbuch in der Hand! Da würde man irren! Ich sehe die Natur selten mehr an, wenigstens fast nie mehr mit Maleraugen. Ich habe mich satt, fast krank daran gesehen. Weil ich sie liebe, meide ich womöglich ihren gefährlichen Anblick. Er würde direkt lähmend auf meine Produktionslust wirken. Was ich tun kann, und tun muß, ist, in meinem Gedächtnis eine zweite Natur, womöglich ähnlich der ersten, einzigen, auferstehen zu lassen: eine Natur für meine Bilder. Darin also besteht mein Phantasieren. Mein Phantasieren ist selbstverständlicher Sklave der Natur, wenn es nicht selbst die Natur ist. In meinem Gehirn steckt meine ganze jetzige und zukünftige Gemäldesammlung. Bergwände, Schluchten, Täler, Aussichten in Täler, glitzernde Seen, Flüsse, die Windungen des Nebels, die Haltung der Tannen, alles was ich je in der Natur zu Gesicht bekommen habe, was ich so unaussprechlich, so gedankenvoll liebe, das glitzert, schäumt, lagert und erstreckt sich wieder in meiner Phantasie. Man sage also nur nicht, daß Porträtisten nicht phantasieren. Sie tun es vielleicht lebhafter, kräftiger, inniger als alle Historien- und Szenen- und Geschichtenmaler zusammen. Ich würde es verschmähen, meine Phantasie andere Dienste tun zu lassen, als solche, die allein der Übung des Pinsels zu gute kommen. Ein Maler kann sein Malen nicht hoch genug achten. Meiner Ansicht nach kommt es doch darauf an, wie viel feine Wiedergabe der Natur, also: wie viel konzentrierte Natur ein Bild enthält. Maler, die brutal mit dem Pinsel dichten (was sie geläufig phantasieren nennen) kann ich zwar lächelnd neben mir dulden, aber ich schätze sie nicht, weil sie ihre Kunst nicht kennen. Es kommt nicht auf ein äußeres, es kommt auf ein inneres Phantasieren an. Dort das flüchtige, dilettantische Phantasieren mit Gestalten, hier das tiefe, fühlende mit der Farbe.

Ein Maler ist ein Mensch, der einen Pinsel in der Hand hält. Am Pinsel ist Farbe. Die Farbe ist nach seinem Geschmack gewählt. Die Hand hat er, um den Pinsel geschickt nach den Befehlen des sehenden und fühlenden Auges zu führen. Er zeichnet und malt zugleich mit dem

Pinsel. Eines Pinsels Härchen sind gewöhnlich wunderbar scharf und fein, aber schärfer und feiner ist die Gewissenhaftigkeit, mit der die Sinne, die gesamten, vorgeneigten, gespannten Sinne mitarbeiten. Ein zuverlässiger, exakter Mensch ist ein um so besserer Maler. Edle und vornehme Gesinnung drückt sich in der Pinselführung wunderbar aus. Liederliche Menschen malen auch liederlich. Sie können genial, aber niemals groß malen. Bescheidenes, artiges Wesen wählt seine Farben gewöhnlich mit feiner Vorsicht, nach einem gedankenvolleren Geschmack. Kein Wunder, daß die höflichsten und zuvorkommendsten Menschen, die Franzosen, die bedeutendsten Maler liefern, oder geliefert haben. Impertinenz und Anmaßung bringen nie ein Gemälde zu stande. Leicht, still, besonnen, klug und aufs feinste gebildet hat man noch jeden großen Maler angetroffen. Sich weder lange besinnen, noch auch unbesonnen sein, das schafft gute Bilder. Treue der Natur, Treue sogar einem gewissen lächelnden Trotz gegenüber, dagegen Kälte und Verwunderung vor allem sich begierig Aufdrängenden: das ist der Topf, die Palette, wo die süßen, ewigen Farben liegen. Welche Ruhe, welche Stille, welche Zurückhaltung und deshalb: welche Natur in den Gemälden der meisten alten Meister. Die

Natur ist nie erregt, obgleich sie voll Leben. Wie kalt scheint die Sonne, wiegen sich die Blätter und Blumen, liegen die Kronen der Bäume, starren die Felsen, klingt der Gesang der Vögel. In der Natur ist keine Wärme, nur der Mensch, der ängstliche, stets eifrige Mensch glaubt sie spüren zu sollen. Wie viel Liebenswürdiges lügen uns nicht die Dichter vor! Dichter kennen die Natur überhaupt selten, lernen sie selten kennen, wollen sie nicht kennen lernen. Sie sind gemeiniglich Starrköpfe. Das Geschäft des Malers bringt es mit sich, hier viel zartere Beobachtungen zu machen. Das Gleichgültige, Starre an der Natur ist es, das den Maler oft die heißesten, glühendsten Farben aufsetzen läßt. Hier heißt es, sich zusammennehmen, hier gilt es, kalt der Kalten gegenüber zu sein. Man kann auch mit großer Herzlichkeit, Innigkeit und Wärme kalt sein, sobald es die Kunst gebietet. Die großen Maler haben das alle gekonnt, haben es alle lernen müssen. Ihre Kunstwerke lassen es deutlich spüren. Malen ist die kälteste Kunst, ist eine Kunst des Geistes, der Beobachtung, des Nachdenkens, der höchst scharf zersetzten Gefühle. Was ist Geschmack anderes als zersetzte Empfindung, zergliedertes Sinnen? Und mit was malt man, als mit dem Geschmack? Sollten nicht Farbensinn und Geruchsinn in engster Berührung zueinander stehen? Sollte nicht ein bestimmter Duft den Eindruck einer bestimmten Farbe hervorrufen können?

Die Vorstellung von einer besonders schönen Farbe kann ich wie eine köstlich zubereitete Speise oder wie eine zauberisch duftende Blume kosten. Süßes eigentümliches Genießen! Ich unterlasse es, so viel ich kann, es würde mich ruinieren. Sind denn nicht alle Sinne durch wunderbare Kanäle untereinander verbunden? Beim Malen selbst habe ich einzig und allein die Fertigstellung des Bildes im Auge und Sinn. Namentlich auch die Überwachung des Handgelenkes, das oft schlafen möchte. Eine Hand ist nicht leicht zu meistem. In einer Hand steckt oft viel störrischer Eigenwille, der gebrochen werden muß. Mit Einsatz eines energischen und sanften Wollens kann man sie wunderbar gefügig, geschmeidig und gehorsam machen. Der Trotz in ihr ist dann wie ein Glied gebrochen, sie arbeitet wie ein seltsamer, talentvoller Diener, kräftigt und verfeinert sich von Tag zu Tag. Das Auge ist wie ein Raubvogel, es sieht die geringfügigste abweichende Bewegung. Die Hand fürchtet aber auch das Auge als ihren ewigen Quäler. Ich weiß selber nicht, wie es mir beim Malen eines Bildes zumute ist. Ein Schaffender ist ein völlig Abwesender, Gefühlloser. Nur wenn ich eine Pause mache, um das Getane zu überschauen, fällt mir oft ein, daß ich zittere vor innerem Glück. Eine Genugtuung, wie ich sie sonst nie kenne, gibt mir eine Sicherheit im Fortfahren, die mich fast von Sinnen bringt. Drum ruhe ich so wenig wie nur möglich aus. Es ist gefährlich, ja tötend! Während des Schaffens habe ich nicht das ausdrückliche, wirkliche Bewußtsein dessen, was ich vollbringe. Alles geschieht unter der Herrschaft eines fremden, mir zugeflogenen, mir übergeworfenen Bewußtseins. Deshalb kann ein Schaffender nicht von Glück während des Schaffens reden. Er empfindet nur nachher noch den weichen, süßen Nachdruck des seligen, kummerlosen Zustandes. Selig ist anders als glücklich. Der Gefühllose einzig ist selig, so wie die Natur. Auch Gefühlsüberströmte sind wie Gefühllose! – Wie ich male, kann ich nicht sagen, da ich es in dem mir fremden Zustande mache. Wie man malen muß, das kann man nur malen, nicht sagen. Wie ich male, zeige ich aus fertigen Gemälden, unfertige kommen nie aus meinen Händen. Ich spüre oft in der undeutlichen Erinnerung, welche Freude mir das Aufsetzen einer mir besonders lieben Farbe gemacht haben muß. Ich suche mir dann die betreffende Haltung, den fraglichen Strich und Kniff wieder vorzugaukeln, aber es gelingt selten. Wie ich etwas sehr Liebes und Wirkungsvolles gemacht habe, kann ich mir nachher kaum noch vorstellen. Namentlich an Tannen gelingt mir oft Überraschendes, süß in die Augen Springendes. Ich habe Tannen so fest im Gedächtnis, so fest in der Seele. Ich wünsche oft (und dieser Wunsch ist krankhaft genug) ihren Geruch malen zu können. Obgleich ich Maler bin, wirkt Malen oft, sogar sehr oft, wie etwas Wunderbares, Geisterhaftes, Unbegreifliches auf mich. Das ist vielleicht nur, weil ich keine andere Leidenschaft kenne.

Sehr oft ist die Gräfin zugegen, wenn ich male. Ich nehme nicht die mindeste Rücksicht auf ihre Gegenwart, und sie verlangt es auch keineswegs. Wie kommt es, daß diese Dame sich fester und korrekter zu benehmen versteht als selbst ausgezeichnete Männer? Sie sitzt, den schönen, geistvollen Kopf stützend, wortlos im Sessel, mich und meine Arbeit innig betrachtend. Auch während der Pausen, die ich mache, wagt sie kein Wort zu reden, so zart denkt sie, so rücksichtsvoll behandelt sie einen schaffenden Künstler, Ich habe, so scheint es, die Gewohnheit, während des Malens hin und wieder zu lachen, spöttisch, wenn ich zornig auf meine Leistung bin, froh, wenn ich dazu Ursache habe. Nie, nur später einmal ganz kurz, hat sie deswegen eine Bemerkung gemacht. Sie fühlt mit, das ist klar, und sie ist mit ihrem Mitfühlen beständig auf dem Laufenden, das ist noch klarer. Ihre Gegenwart muß mir demnach wie ein halb fühlbarer, halb ungeahnter verschleierter Hintergrund wirken. Das ist angenehm, weil es nicht störend ist. Es ist da wie etwas, das nur halb da ist, so wie weiche Sonne, oder so wie ein Strauß duftender Blumen. Bin ich fertig, so wird unbefangen gesprochen. Man fühlt sich von viel Schwerem befreit, man ist froh, sich wieder leicht zu fühlen. Sie nimmt die Kunst ebenso ernst wie ich, der ausübende Künstler. Es ist meine, meine Kunst, die sie so höflich und liebenswürdig ernst nimmt! Wie dieser Gedanke wohltuend durch die Adern rieselt! Wenn ich fertig bin, ist sie es, die fast froher aufatmet als selbst ich. Wie köstlich muß so etwas anmuten! Wir zeigen uns gegenseitig das Vortreffliche und Lückenhafte in meinem Bilde. Sie sieht fast immer nur Lobenswertes, Schönes, Entzückendes. Mit Tadel ist sie vorsichtiger als mit Lob: eine ihr geziemende, herrliche Eigenschaft. Sie weiß, daß ich mich schonungslos kritisiere. Sie findet es für schöner und passender, mich mit Lob zu erquicken, als mit Tadel unlustig zu machen. O! sie versteht ehrlich Schaffende. Dabei geht sie mit allem so ungezwungen um, so leicht, so klug, so gemessen. Ihr ist jene Überschwenglichkeit fremd, die in Kunstsachen als so eitel und unreif erscheint, die den Inhaber immer unklug und nie angenehm macht. Nachher gehen wir spazieren, im Garten oder in der schönen Umgebung. Sie liebt alles, was ich liebe, ich liebe das doppelt, das sie so liebt. Wir streiten uns nie, obgleich wir oft verschiedene Meinungen haben. Ich bin so glücklich, nicht allzuviel reden zu müssen, da ich beständig von Eindrücken bestürmt werde. Sie ahnt das nicht nur, sie weiß es. Sie läßt lieber eine feine Gesprächswendung mutig und großherzig fallen, um mich nicht zu ermüden; ja, sie hat schon manchmal einen angefangenen Satz einfach hinuntergeschluckt, wenn sie mich gereizt und nachdenklich gesehen hat. Ein herrliches, tapferes Weib! Zwischen uns ist ein Verständnis, eine Einigkeit, die ich viel mehr ihr, der immer Wachsamen und Aufhorchenden, als mir, dem oft Heftigen, zu verdanken habe. So sehr ich auch das Grau liebe, entzücken mich wiederum sonnige Landschaften. Die Sonne bemühe ich mich so kalt als möglich zu malen: weich, träg, aber kalt. Das gibt etwas Zauberisches, wirklich Sonniges. Nichts ist süßer als von der Sonne durchbebte, durchzitterte, durchstochene Bäume, besonders Kastanien. O wie ich solche Bäume liebe! Wie ich die Sonne liebe, weil sie so weich, so träg, so süß ist! Ich habe eine Mühle am Fluß gemalt, mit vieler Mühe, sie ist eines meiner gelungensten Werke. Eine Ruine, ein herrlicher Stoff, ist in Arbeit. Stoffe drängen andere Stoffe, und dabei male ich so langsam, es ist oft entsetzlich. Warum arbeitet sich ein Künstler so ab? Ist es eine fixe Idee, ist es Wahnsinn? Ich weiß es wahrhaftig nicht. Aber ich soll jetzt vor allen Dingen die Gräfin malen, das beunruhigt mich in der Tat sehr. Bin ich meines Könnens nicht sicher! Doch, sehr! Aber ihr Porträt, das Porträt einer Frau, die – – nun – – die man halb liebt! – Es ist überdies eines meiner ersten Menschenbilder. Zu Bildern der Natur habe ich bis dahin mehr Zutrauen gehabt, vielleicht, weil ich fühlte, daß sie mir besser gelingen. Nun, versucht muß es jetzt einmal werden, ich ertrage diese scheußliche Ungewißheit nicht mehr länger. Nur kein Bangen. Was ist denn dabei? Die Gräfin wird still sitzen wie ein Kind, dem man ein Bilderbuch auf den Schoß gegeben hat, und ich, ich werde malen. Und es wird gelingen!

Warum kann mir nur bange sein! – Ich werde sie schön malen, schöner und peinlicher als alle Landschaften. Wie ich mich darauf freue, zum Beispiel ihre Hände zu malen! Ihre Hände! Eine ganz zitternde, furchtsame Freude ergreift mich bei diesem Gedanken. Ihre Hände, die so der Ausdruck ihrer vornehmen Güte sind, die so lang sind, deren Finger so kindlich einfach auseinanderlaufen, so ganz anders, wie an andern Frauen! Gut, ich werde sie zu malen wissen. Ich hasse alles Vorbedeuteln, Vorempfindeln! Laß doch die Sache an dich herankommen, Bursche, wenn du ein beherzter Bursche bist. Das hilft mir. Ich muß zuweilen recht saftig in mich hineinspotten, um mich aufzurütteln. – Ich mache noch schnell vor dem Abendessen einen Rundgang um die Felsen. Das tut wohl. Aber im Gehen habe ich die Empfindung, ich sei nicht mehr der alte, sei ein ganz anderer, was ist das? Das ist wohl recht dummes, stupides Zeug! – Wie die Tannen zu mir sprechen, o, die süßen Tannen! Wie oft kommen sie nicht auf meinen Bildern vor: immer wieder Tannen! Bald im hellen, etwas verwischten Sonnenschein, bald im Nebel, bald so, wie sie am tiefsten und ergreifendsten sind: weder sonnig, noch düster umflort, sondern bloß Tannen, keine Schatten werfend. – Ich pflücke einige schöne Blumen, binde sie zu einem Strauß zusammen, eile wieder abwärts, dem Hause zu. Sie liebt Blumen, sie liebt sie aus meiner Hand, warum sollte ich ihr die Höflichkeit nicht erweisen? Es ist mir lieb, Gelegenheit zu nehmen, mich ihr lieb zu erweisen. Bin ich ihr etwa nicht Dank schuldig? Ich muß lachen.

Dort der gleichgültige, unbewegliche Gegenstand, sei es Natur oder Mensch oder Phantasie, hier die durcheinanderliegenden Farben, zwischen beiden die zitternde, fassende, unfaßliche Hand, das begehrende, sich bezwingende, mühsam sich haltende Auge: das ist das immer wiederkehrende Schicksal des Malers. Ein immer sich erneuernder Kampf. – Ich habe das Bildnis der Gräfin gemalt, und es ist, so scheint es, gelungen. Ich bin müde wie ein geschlagener Hund, und es wundert mich nicht. Das Bild ist in unbegreiflich kurzer Zeit zu stande gekommen. Ich habe es mehr hinuntergerissen als gemalt. Welcher satanische Geist ist über mich gekommen! Aber jetzt bin ich furchtbar müde. Ich male fortwährend im Gehirn weiter, furchtbarer Zustand! Die ganze Nacht, in Träumen, entsetzlich wilden, wird fortgemalt. Ich werde heute nacht gar nicht zu Bett gehen. Ich werde trinken! Basta! Die Gräfin, welch eine wundervolle Frau ist sie! Sie hat unermüdlich gesessen. Von morgens bis abends. Ich habe sie in halb sitzender, halb liegender Stellung gemalt, in den Kleidern, in denen ich sie am liebsten sehe. Sie hatte mich wählen lassen. Ich habe natürlich die Wahl ihrem Geschmack überlassen, und sie hat den guten gehabt, zugleich den meinigen unbewußt zu berücksichtigen. Grau, das am Frauenleib so großartig steht, und ein gelbliches Braun, das ich von ganzer Seele liebe. Sie hat kalt und unbeweglich vor sich geschaut. Ich habe deutlich gefühlt, daß sie schon in Ateliers gesessen hat. Ich habe gemalt wie ein armer Schuft vor dem Wunder. Dann bin auch ich, zu meinem Glück, kalt geworden, und es ist, wie man so sagt, »gegangen«. Dann an ihren verzweifelt kalten Augen habe ich wieder gemalt wie ein Verzweifelter. Sie hat Augen, o! Die Hände sind leicht gegangen, und sie sind das Beste am Bilde. Hände gehen mir deshalb leicht, weil ich schon die meinigen in- und auswendig kennen gelernt habe. Eine Hand gleicht doch im rohen Äußern der andern, so scharf auch das Besondere, Bezeichnende hervorsticht. Unter ihren reizenden kleinen Füßen hat ein graublauer Teppich gelegen. Ein dicker, weicher, einfarbiger Teppich. Er liegt sehr gut im Bild. Die Augen im Bild sind noch nicht vollendet, und sie sollen auch nicht vollendet werden. Ich würde sie nicht besser machen können. Sie hat lange vor dem beendigten Ding gestanden, nichts gesagt, mir nur nachher stumm und voll Bewegung die Hand dargeboten. Das sei sie wirklich, hat sie mir viel später gesagt. Sie steht jetzt oft lange Zeit davor und betrachtet es wie etwas Fremdes, sie gar nicht Berührendes. Ich weiß, sie betrachtet es nur noch als Kunstwerk. Wenn die Frau so groß ist, bin ich bezahlt für meine Mühe. Der Strauß Blumen im Bilde hat ihr Tränen entlockt. Es ist ein ganz gewöhnlicher Strauß, so gewöhnlich als möglich auch im Bilde gemalt. Aber vielleicht ist es gerade dieser Umstand, der sie so hat erregen können. Dem Bilde fehlt weiter nichts, als daß es kein Besserer, als ich bin, gemalt hat.

Gestern ist ein kranker Dichter hier angekommen. Der scheint alle Laster durchgemacht zu haben, daneben ist er unschuldig wie ein Kind. Seine Gedichte sind weltberühmt, er selber ist ein verstoßener Mensch. Sonderbares, grauenhaftes Schicksal! Die Gräfin, die eine innige Verehrerin und Liebhaberin seiner Verse ist, hat ihn zu sich kommen lassen, um ihn wenigstens anständig und ruhig sterben zu lassen. Er hat in seinen Gedichten, die wirklich herrlich sind, feinste und genaueste Wiederholung des Lebens gegeben. Des tönenden Lebens da draußen und des stillen, seufzenden Lebens der Seele! Kann ein Dichter Besseres geben? Er ist noch so jung, der arme, verkommene Kerl! Wie ich ihn liebe, den blonden, arglosen, träumerischen Menschen! Welche wundersam glänzenden Augen er hat! Wie es schimmert und wehklagt in ihnen! Ein ganz, ganz wahrhafter Dichter: schön und abstoßend zugleich. Armer Bursche! Er hat vollständige Handlungsfreiheit hier. Kein Getränk wird ihm entzogen. Warum sollte man ihm das Sterben, das sicher bevorsteht, beschwerlich machen, ihm die letzten unschuldigen Genüsse verbittern? In dieser Beziehung ist die Gräfin die edelste, uneingeschränkteste Menschenfreundin. Wenn er berauscht ist, so tanzt er. Dann bewegt er seinen verkrüppelten Körper mit entzückender Lebhaftigkeit. Es ist eine seltsame, durchdachte Grazie in seinen Bewegungen. Wie wohllautende Verse muten seine Neigungen und Beugungen an. So tanzt nur ein Dichter! Arme, Hände und Füße bringen eine Musik hervor, die man nirgends mit Ohren hört, die man eher mit Augen sieht. Das Abbrechen seines Tanzes ist schmerzlich, denn nun hat man wieder den entstellten Kranken vor sich. Sein Tanz ließ das völlig vergessen.

Wie doch Schönheit die Bewegung und Bewegung den Menschen adelt! Auch die Gräfin hat dem merkwürdigen Schauspiel zugeschaut, und ist tief gerührt darüber gewesen. Dies ist gestern gegen Mitternacht geschehen. Am Morgen ist der Dichter angekommen, und am selben Abend hat er uns schon in seine tiefste Seele blicken lassen: so arglos und schön sind Dichter! Jetzt, während ich dies schreibe, schaut er neben mir zum Fenster hinaus: in den Regen, in die weite, abwärtssinkende Landschaft, in die Tannen und in den feinen, streichenden, fauchenden Nebel. So blickt und blickt er. Es muß ihm gefallen, das stumme, schwermütige Schauspiel da draußen. Vielleicht wirkt es sogar tröstend auf ihn, den Absterbenden. Sonne und Farbengeflimmer würde ihn vielleicht nur traurig stimmen. Vielleicht dichtet er noch etwas hier! Ich werde ihn malen. Ich werde ihn malen, wie er jetzt ist, in derselben zufälligen Haltung, wie er hinausblickt. Ich werde Gelegenheit haben, Tannen zum Fenster hineinblicken zu lassen. Er, wie er hinausblickt, sie, wie sie hineinblicken. Ich will es sogleich anfangen, damit kein neuer Eindruck es mir stehlen kann.

Das Bildnis des Dichters ist fertig, und ich bin fest überzeugt, daß es mein bestes Werk ist. So selbstverständlich tritt die Natur aus keinem meiner bisherigen Bilder. Und doch habe ich das Ganze aus dem Kopf gemalt, nur zu des Dichters Gesichtszügen hat er mir für einige Studien sitzen müssen. Hier habe ich es also deutlich: meine Phantasie ist ganz nur noch ergebene Untertanin und Wiedergeberin der Natur, ist Natur selber! Mein Farbensinn wählt so unbedenklich wie die Natur selber. Es wundert mich nicht; denn wer so, wie ich, stets nur sie im Auge hatte – nun, das mußte so kommen, hat nicht anders kommen können. Ich bin jetzt meiner, meines Geschmacks und Talents überhaupt, vollständig sicher. – Die krankhafte Blässe im Gesicht des Dichters hat mir Anlaß gegeben, meine liebsten und mir treuesten Farben zu gebrauchen. Verwendet habe ich sie sehr einfach; ich bin stolz und kalt mit ihnen umgegangen. Welch ein Widerspruch: verliebt, vergafft in etwas sein, und sich doch kalt ablehnend verhalten müssen! Diese Kunst gelernt zu haben: darin besteht die ganze Hexerei des Malens. Hohes Talent, unbedingte Begabung und gebildeter Geschmack natürlich vorausgesetzt. Diese Farbe von ganzer, heißer Seele lieben, und doch den Wunsch haben, ihr möglichst wenig freundlich und vertraulich zu begegnen. Farben bestürmen einen nämlich! Und diesen Ansturm des Süßen, der verderblich für das Bild werden kann, muß man gelernt haben, kalt und ohne Gnade abzulehnen. Und doch wiederum, im selben Moment, vor der Süße des Süßen beben, sich unendlich freuen, es gebrauchen zu dürfen, es in Anwendung zu bringen: – dies ist Seiltänzerei der Empfindungen, aber vor großer Kunst unentbehrlich. Große Kunst steckt in großen Irrgängen, so wie rührendste Anmut am liebsten in Verrenkungen wohnt. – Wie sehr sticht der Kopf des Dichters von dem der Gräfin ab! Die Bilder hängen dicht nebeneinander. Dort traurigstes Verwelken, hier anmutigste, grundfesteste Gesundheit. Welch ein Unterschied der Lippen, der Wangen, der Augen! Die Gräfin hat Augen, wie sie sehr gute, feste und noble Menschen haben. Dagegen des Dichters Augen, o! Frauen haben in der Regel die kälteren, festeren Augen als Männer. Frauen sind in der Regel gesünder und klüger als Männer. Frauen leben aber auch natürlicher und schicklicher und besser als Männer. Ich spreche natürlich von den Gebildeten! Der Frauen Klugheit paßt sich viel geschmeidiger ihren Empfindungen an; deshalb ist ihre Klugheit meist gut, wirkt als Güte, verdirbt keiner Sache ruhigen Lauf, ist in Ratschlägen viel zutreffender, nützlicher. Ich habe gern mit Frauen zu tun, namentlich gern Geschäfte abzuwickeln, um jener freundlicheren Klugheit willen. Um Gotteswillen: was schadet es, wenn ich die Frauen lobe? Wenn ich eine Frau wäre, würde ich eben die Männer loben.

Der weiche, regnerische Zustand in der Natur hat sich in einen klaren und kalten umgewandelt. Der Nebel ist der hellen, fröhlichen Sonne gewichen. Mein Zimmer ist voll Sonne. Ich liebe es, mich der Sonne direkt auszusetzen, wenn wir Sonne haben. Ich fliehe und verberge mich vor nichts. Ich kann ziemlich alles aushalten, ich kann aber auch ziemlich alles entbehren, wenn es sein muß. Die Gräfin betrachtet meine Gemäldeausstellung. Das tut sie fast jeden Tag nach dem Mittagstische. Sie liebt es, stundenlang unbeweglich vor Bildern zu sitzen. Es ist, wie wenn sie etwas Besonderes mit ihnen hätte, ihnen etwas von Umschweif zu sagen hätte, sich etwas Umfangreiches von ihnen müsse sagen lassen. Sie findet das Betrachten eines bedeutenden Bildes unterhaltender als das Lesen eines noch so bedeutenden Buches. Was in den langen und dicken Büchern steht, sagt sie ganz offen, ist selten mehr, als eine Wiederholung dessen, was wir uns Tag für Tag, Stunde für Stunde selber erzählen. Bilder dagegen sind Überraschungen, des Nachdenkens und sich Ergötzens wert. Verse liebt sie, was Bücher betrifft, am meisten, weil am meisten Kunst in Versen steckt. Kunst ist ihr das Bedeutende, Reizende an Kunstwerken, nicht das andere Nebenherlaufende, Erzählende, Ausstattende, Weisliche und Wissende. Da sie selber weise und über die meisten Erdendinge unterrichtet ist, darf sie es wohl verschmähen, es sich immer wieder von Schriftstellern vorsagen zu lassen. Bilder sind ihr Wunder, Märchen und selbst Erzählungen, obgleich sie nichts vorerzählen. Sie erzählen ihr von der Natur da draußen, der ewig Fesselnden, Unverständlichen! Das, was sie von selbst versteht, mag sie sich nicht mehr erzählen lassen. Farben und Linien erzählen auf süßere Weise. Keine Worte, nur Düfte und Töne werden da laut. – Wenn sie aufsteht, und mich unbeschäftigt sieht, plaudert sie zu mir, selten von Kunst, mehr über Natürliches, Menschliches, Kleinliches, Alltägliches. Sie legt plaudernd ihr Herz vor mir aus, fast so, daß ich das Dargelegte zeichnen und malen könnte. Was sie spricht, hat Farbe, Umriß. – Auch in diesem Moment, wo ich dies schreibe, redet sie lebhaft. Ich erlaube ihr das, denn es stört mich durchaus nicht. Ich höre alles, und höre nichts. Ich höre genug, wenn ich den Ton dieser Stimme höre. Zu antworten brauche ich nicht, nicht einmal mitzureden. Sie verlangt das gar nicht. Ich glaube, es ist ihr lieb, und es dünkt sie hübsch, so wie ein Brunnen immer fortzureden. Ich fühle, sie redet gern so; warum sollte ich sie unterbrechen? Wie sie schön ist, wenn sie spricht! Es gibt Frauen, welche an Zauber verlieren, wenn sie den Mund zum Sprechen auftun, die nur schön sind im Trägsein und Stummdaliegen. Die Gräfin ist bewegter, wenn sie spricht, und Bewegung steht ihren Zügen wundervoll. Jetzt soll ich mit ihr spazieren gehen; sie sagt, sie befehle es mir, als ihrem Untertan und in Rücksicht auf meine Gesundheit, und dergleichen. Warte nur, Schalk, warte nur! – Ich muß also abbrechen.

Mehrere Tage sind vergangen. Ich bin unbegreiflich glücklich. Ich träume, taumle – – Die Kunst habe ich vergessen: arme, auf die Seite geworfene Kunst. Es mußte so kommen, es hat lange schon wie mit Tigeraugen gelauert, es ist nun ausgebrochen, mag es sich meinetwegen weiterbohren. Die Gräfin ist mir das Liebste, das Beste auf der Welt, war es mir schon lange, ist es nun um so mehr. Ich denke an nichts, als an sie, mir träumt von nichts, als von ihr. Sie hat mir die Sinne, die Augen zur Welt geöffnet, mich wie ein taumelndes, kleines Kind der Welt zugeführt, kurz, mir gesagt, mich wissen und spüren lassen, daß sie mich liebe. Sie hat mich genommen und geküßt und nichts sagen können, und mir verboten, etwas zu sagen, als fürchtete sie, ich möchte nein, nein sagen. Es ist alles gut. Kann ich mir es denn besser träumen? Ich verliere die Kunst, vielleicht sogar den Verstand, aber, kann es denn etwas Besseres geben, als ihretwegen alles zu verlieren? Sie sagt, ich sei ihr alles. Ich genüge ihr also, ihr alles zu sein! Kann ich mehr sein wollen, als ihr alles sein? Wirklich nicht! Ich bin mir alles, wenn ich ihr, ihr alles bin. Gibt es einen einfachern Verstand, als den, mit dem ich dies sage? Ich will an die Kunst nicht denken, denn ich müßte jammern, wenn ich sie mir wieder deutlich vorstellte. Ich habe es seit diesen Tagen nicht mehr getan. Wenn ich alles sein will, muß ich mein früheres alles entbehren, vergessen lernen. Es muß sein, nein, es will sein! – Kann ich beschreiben, wie ich sie liebe? Ich male ja nicht mehr. Auch meine Farben brächten es nicht zustande. Lieben will nichts mit der Kunst zu tun haben, wenigstens mein Lieben nicht. Lieben ist ein Verschwenden, Kunst ein Sparen. Es gibt für mich keine gehässigeren Gegensätze. Gut, es soll mich in Ruhe lassen. Ich will jetzt das unsinnige Lieben mein tägliches Schaffen sein lassen. – Ich höre sie kommen. Gibt es etwas Süßeres, als mich von ihr verfolgt zu wissen? Ich bin nicht ihr Sklave, nein, ich war es viel mehr, da ich ihrer in bloßer Verehrung (Künstlerverehrung) gedachte. Das Gefühl der Verehrung hatte die Liebe mit einem Male weggeblasen. Ich liebe sie, das ist mehr als verehren. Sie muß mich unendlich lieb haben. Sie läßt es mich mit der ganzen stürmischen Gewalt eines lange zurückhaltend gewesenen Herzens fühlen. Das jammert mehr, wenn das mich küßt, das brennt mehr, wenn das mich liebkosen will. Wo finde ich armselig Ungeübter die Worte! Sie horcht an der Tür, ich soll ihr aufmachen! Sie will, daß ich sehe, wie demütig sie ist. Und ich schreibe, und lasse sie noch warten, und empfinde doch, wie sie wartet. Liebe macht grausam, merkwürdig grausam. Der Liebe ist sogar der wildeste Schmerz noch eine Lust, die genossen sein muß. – Ich werde ihr schon aufmachen. Was will sie? Mich küssen, mich streicheln, mir sagen, daß sie nicht imstande sei, zu sprechen. Das will sie! Wie mich das glücklich macht, im Willen dieser Frau zu herrschen, zu wissen, daß sie ihren hohen Willen dem meinigen zu

Liebe gebrochen hat! So, jetzt werde ich aufmachen.

Ich bin in die Berge gegangen, habe mich wollüstig dem Regen, dem Sturm, der Sonne ausgesetzt, zwei Tage lang. Ich habe nichts angesehen, bin vor nichts stillgestanden. Es ist mir alles gleichgültig gewesen. Weder Beängstigung noch Freude habe ich empfunden. Ich habe mich müde laufen wollen, das war alles. Dann bin ich heimgegangen, habe die Vorwürfe der lieben Frau gleichgültig hingenommen, habe mich schlafen gelegt. Ich muß fort! Ich kann Liebe nicht ertragen, ich bin für ein wilderes, kälteres Leben bestimmt. Es reizt mich nicht auf die Länge, mich geliebt zu wissen. Dort oben, unter dem herabsausenden Regen habe ich es gefühlt. Ich ertrage die Ruhe, vor allem das Glück nicht. Es beleidigt meinen Stolz, wenn ich mich so jämmerlich, so feige glücklich sehe. Ich will kein Glück, ich will Vergessen. Glück und Unglück sind mir immer, wenn nicht gänzlich fremde, so doch unliebe Empfindungen gewesen. Es ist nichts für mich. Ich muß die Gräfin, dieses Haus, diese Berge, diese Tannen, diese Welt verlassen, morgen noch! Es gilt schnell zu verlassen, wenn einmal doch Abschied genommen werden muß. Ich liebe

Zwischenakte, Nebenwelten nicht! Ich werde arbeiten, was, gilt mir gleich. Die Kunst? Natürlich; was denn anderes! Wie ich von nun an die Kunst handhaben werde, weiß ich nicht, es wird sich schon zeigen. Es gibt ja Künste in der Kunst. Ich werde mit der Gräfin sprechen, und alles wird fertig sein. Ich werde sie vergessen: ich vergesse alles. Ich möchte furchtbar gerne der Überzeugung sein, daß es nicht die Kunst ist, die mich von hier wegtreibt, aber, Hand aufs Herz, ich glaube, sie ist es. Ja, ich liebe sie stärker als die Gräfin, so ist es. Ich werde das natürlich der Frau nicht sagen, denn sie würde es doch nicht glauben. Ich werde sie zu trösten suchen, werde ihr sagen, daß ich sehr bald wiederkehre, aber ich werde nicht an meine Worte glauben. Künstler zu lieben verspricht wenig, namentlich kein Glück. Was ist denn Glück? Ich glaube: dauerndes sich Behaglichfühlen! Aber Künstler fühlen sich überhaupt nie, oder selten behaglich. Sie kennen dieses Gefühl schlecht, oder verstehen nicht, es kennen und schätzen zu lernen. Woran liegt es, daß Künstler zu keiner Ruhe kommen? Ich weiß es, aber ich weiß es nicht zu sagen. Mir ist sehr weh zumut, aber ich verbiete mir, deswegen trostlos zu sein. Schmerzen und Bangigkeiten erlaube ich nicht, Macht über mich zu gewinnen. – Wird sie weinen, wird es sie sehr schmerzen? Ich hoffe das Gegenteil. Nein, sie wird weinen, sie wird jammern, es wird ihr weh tun. Ich will mir nicht verhehlen, wovon ich doch überzeugt bin. Ich werde sie auch nicht zu trösten suchen, ich werde tun, als ob ich lustig und gern ginge. Sie wird dann ihren angeborenen, nur durch die Liebe zerschlagenen Stolz wieder bekommen und mich kalt entlassen. Stolz und das Gefühl gekränkter Ehre trösten! Entrüstung richtet den Menschen auf. Weil ich das weiß, will ich lügen, und als Gefühlloser weggehen. Es ist der letzte Dienst, den ich der Lieben erweisen darf. Nein, gewiß nicht, vergessen werde ich sie nie. Nie! Aber morgen wird ausgezogen. –

Der Wald

Wir hatten in der Schule einen alten Lehrer mit großem Kopf, der sagte uns, daß in verhältnismäßig sehr kurzer Zeit das mittlere Europa ein einziger großer Wald wäre, wenn die Zivilisation zurückginge. Wenn nicht Menschen da wären, die gegen das Wachsen des Waldes ankämpften, träte der Wald frei, als herrschendes Ganzes auf. Das gab uns zu denken. Schon das ganze Deutschland allein als ein Wald, ununterbrochen von Städten und Menschenwohnungen und Beschäftigungen der Menschen, weder von Straßen durchschnitten, noch von einem Hauch Bildung angefeindet, dieser Gedanke war geheimnisvoll genug. Wir zerbrachen uns vielfach gegenseitig die jungen, träumenden Köpfe, indem wir sie wieder anderseits mit phantastischen Bildern von großen, unendlichen Waldwelten anfüllten, und kamen wenig klug aus der Sache. Eines war sicher, die Worte des alten Lehrers gaben unserer Einbildungskraft zu tun, sie sprudelte lebhaft, sie zog träumend und tanzend Linien, zerbrach wieder, was sie mühsam gezogen, setzte wieder fort, wo sie müde aufhörte, und hatte zu tun jede freie Minute. Die Intelligenteren unter uns brachten allerhand lustige und feine Bilder von unauflöslichem, unausrottbarem Wald zustande, erfüllten die geschaffene Welt mit seltsamen Pflanzen und Tieren, bis ein Punkt kam, wo auch ihre Phantasie sich als zu schwach erwies. Dann kam anderes, was uns hinriß und zum Nachdenken bewegte, der Wald trat zurück, so wie er in der Welt wirklich zurücktritt oder zurückgetreten ist, es reizten uns jetzt vielleicht Dichter oder Athleten, genug, das Geheimnisvolle des Waldes wurde übersehen, es starb, die trockene Knabenvernunft kassierte es. – Lehrer sterben, Knaben wachsen, und die Wälder bleiben, denn sie wachsen viel spurloser und stiller als Menschen. Sie sterben auch nicht so schnell. Sie haben nicht ein solches jäh emporschießendes Wachstum; dafür ertragen sie die Luft der Welt länger, sind kräftiger, dehnen sich nachhaltiger und weiter aus, und fallen nicht so schnell um, wenn sie ihre stolze gemessene Höhe erreicht haben. Der Mensch kann dafür denken, und Denken, das ruiniert. So denkt er über den Wald nach, der, so scheint es, ein ganz totes unempfindliches Ding ist. Er findet es zum Beispiel wunderbar, daß die Welt so voll Wälder ist, und daß die Wälder grün sind, von so allmächtig herrschendem Grün, daß sie dem Menschenleben einen so wichtigen Zauber geben, daß sie so nah an sein Tun und Empfinden streifen, ja, darin hineingreifen. Er ist solch ein Grübler, der Mensch, und um Liebes herum grübelt er auch mit ganz besonderer Energie. Nun, so will ich es denn versuchen!

Unser Land ist voll rauschender Wälder. Das gibt, in Verbindung mit Flüssen, Seen und Bergzügen, eine liebe Heimat. Unsere Gegenden bezeichnen Wälder von verschiedener Art. Eine Art Wald hat ihr besonderes, sich dem Gedächtnis einprägendes Aussehen. Manchmal, sogar sehr oft, sind alle Arten Waldstücke zu einem großen Stück vereinigt. Aber sehr große Wälder haben wir nicht, denn wir haben zu häufige Unterbrechungen. Eine reizende Unterbrechung ist ein Fluß, eine wildere: Schluchten. Aber hängt nicht das alles doch wieder zusammen? Unterbrechungen stören nur kleinwenig das Ganze, aber sie können doch das schöne, rauschende, rollende Ganze nicht wegnehmen. Dazu ist ihnen das Ganze viel zu überlegen. Wald herrscht also in unserem Land doch als ein breites, wohlwollendes, wollüstiges Ganzes. Waldlose Ebenen haben wir kaum; Seen ohne Waldränder sind ebenso fraglich,

und Berge ohne die Luft des sie krönenden Waldes sind uns ein fast Fremdes. Freilich, wo die höheren Berge anfangen, da hört selbstverständlich der Wald auf. Da wo Fels ist, stirbt der Wald. Oder das, was, wenn es tiefer und wärmer und breiter läge, Wald wäre, ist eben dann Fels. Fels, das ist toter, gestorbener, erdrückter Wald. Wald ist so holdes, reizendes Leben! Was Fels ist, das möchte gern das fressen, was so beweglich und reizend Wald ist. Der Fels starrt, der Wald lebt, er atmet, saugt, strömt, ist See, der tiefströmend liegt, ist Fluß, der aufatmend fließt, ist Wesen, ist fast mehr Wesen als Element, denn er ist zu weich, um Element zu sein. Er ist weich! Weiches hat Aussicht, daß es hart wird. Was mit Härte beginnt, kann das hart werden? Nein, so wie nur Gutes schlimm werden kann, nur Bestes schlecht, so wird auch nur Weichstes hart, eben, weil es die Gabe hat, zu verhärten, wenn ihm Härte naht. Auf diese Weise, meine ich, haben unsere Wälder Aussicht, zu sterben, sich zu verwandeln, Fels zu werden, das zu werden, was sie ja wären, wenn sie höher und dünner lägen. Was breit liegt, das atmet in der Regel auch tief und ruhig, hat einen gesunden Schlummer, hat Leben in seinem tiefen Schlaf. Wälder schlafen, und so schön! Ihr Atem ist warm und wohlriechend, macht Kranke gesund, erfrischt erschlaffte Gesunde, ist so reich, daß er auch dann strömte und umherflösse, wenn auch nicht ein Wesen da wäre, das genösse, was so herrlich zum Genießen und Kosten ist. Wälder sind herrlich, und daß unser Land so voll Wald und Wälder ist, ist das nicht herrlich? Wäre es unsere Heimat, wenn es ein Land wäre, das ohne Wald läge? So läge es bloß, erstreckte sich bloß, wäre zum Messen, hätte gewiß auch seine Grenzen, aber lebte es? Und lebten wir in ihm, wie wir jetzt leben, da es voll Wald ist? Ein Wald ist ein Bild der Heimat, und Wälder sind Länder und die Länder sind eine Heimat. Unsere Städte, selbst die größten, stoßen direkt an Wälder, und es gibt kleine, vergessene Städtchen, die ganz und eng von Wald umschlossen sind. Die schönen breiten Landstraßen, laufen sie nicht alle durch große Wälder? Gibt es eine einzige Straße, die sich, nachdem sie einige Stunden durch freies Land gelaufen, nicht in einem schattigen und dichten Wald verlöre? Wohl gibt es solche Straßen, aber sie stellen zum mindesten immer einen nahenden Wald in Aussicht, oder sie bieten, was doch auch zu schätzen ist, einen Nachbarwald als erfrischende Aussicht dar. Am schönsten sind gewiß die Waldstellen auf den Rücken der mäßig hohen, aber breiten Berge. Es sind dies meist Tannenwälder, die einen wunderbaren Geruch voll kühler, heilender Öle ausströmen. Buchenwälder sind seltener, aber es gibt kleine, wenig in die Höhe springende Hügel, die ganz von solchen bekleidet sind. Ich nenne nur den süßen Anblick eines Buchenwaldes im Frühling, um zwei Drittel meiner geehrten Leser als Mitergriffene auf meiner Seite zu haben. Wie herrlich sind wieder Eichen, und ganze Wälder von Eichen! Sie sind bei uns wohl die seltenste Art Wald. Ihre Haltung und Form als einzelner Baum ist schon erhebend und groß, wie viel wuchtiger und mächtiger tritt uns ein ganzer Eichenwald entgegen! Das ist dann mehr ein schäumender, brüllender, windgejagter See als ein Wald. Die meisten unserer Wälder laufen ganz wild und ungestüm bis hart an den Rand von stillen, blauen Seen. Eichen sind wunderbar schön an Seen: lieblich und zum Träumen verlockend bei ruhigem Wetter, grandios und beängstigend aber bei stürmischem. Wälder sind nur ganz selten düster. Unsere Seele muß schon düster gestimmt sein, um vom Wald einen traurigen Eindruck zu bekommen. Selbst anhaltender Regen verdüstert Wälder gerade nicht, oder er verdüstert dann überhaupt alles. Am Abend, o wie wundervoll sind da die Wälder! Wenn über dem Dunkelgrün der Bäume und Waldwiesen hochrote und tiefrote Wolken schweben und das Blau des Himmels von so eigentümlicher Tiefe ist! Alsdann ist Träumen für den Schauenden und Ankommenden eine

längst vorbestimmte Sache. Alsdann findet der Mensch nichts mehr schön, weil es viel zu schön ist für seine Sinne. Er läßt sich dann, ohnmächtig und ergriffen, wie er ist, mehr von dem Tiefschönen anblicken, als daß er es selbst anschaut. Schauen ist dann eine umgekehrte, vertauschte Rolle. – Aber am herrlichsten sind doch die Wälder am ganz frühen Morgen, lange bevor die Sonne kommt, wenn im Raum alles noch Nacht ist und nur ein bleiches, lebloses Licht von oben herunterfällt, kein Licht eigentlich, bloß müdes und totes Dunkel. Da redet der Wald eine Sprache ohne Laut, ohne Atem, ohne Bildung, und alles ist süße kalte Verständnislosigkeit.
Im Sommer sind natürlich die Wälder am schönsten, weil ihnen vom ganzen reichen ungestümen Schmuck nichts fehlt. Der Herbst gibt den Wäldern einen letzten kurzen, aber unbeschreiblich schönen Reiz. Der Winter endlich ist den Wäldern gewiß nicht hold, aber auch winterliche Wälder sind noch schön. Ist überhaupt in der Natur etwas unschön? Menschen, die die Natur lieben, lächeln zu dieser Frage; solchen sind alle Jahreszeiten gleich lieb und bedeutend, denn sie gehen eben im Bild einer jeden Jahreszeit fühlend und genießend auf. Wie prachtvoll sind Tannenwälder im Winter,

wo die hohen, schlanken Tannen überschwer mit dem weichen dicken Schnee beladen sind, so daß sie ihre Äste lang und weich herabsenken, zu der Erde, die ebenfalls vor lauter dickem Schnee nicht sichtbar ist! Ich, der Verfasser, bin viel durch Wintertannenwälder gewandert und habe immer den schönsten Waldsommer dabei vergessen können. So ist es nun einmal: entweder man muß alles in der Natur lieb haben, oder es wird einem gewehrt, überhaupt etwas zu lieben und anzuerkennen. Aber Sommerwälder prägen sich doch dem Gedächtnis am schnellsten und schärfsten ein, und es ist nicht zum Verwundern. Farbe prägt sich uns besser ein, als Form, oder als bloß solche eintönige Farbe, wie das Grau oder das Weiß ist. Und im Sommer ist der Wald eine einzige, schwere, übermütige Farbe. Grün ist dann alles, Grün ist dann überall, Grün herrscht und befiehlt, läßt andere Farben, die auch hervorstechen möchten, nur als in Beziehung auf sich erscheinen. Grün leuchtet über alle Formen, so daß Formen verschwinden und verschwimmen! Man achtet auf gar keine Form mehr im Sommer, man sieht nur die eine große, fließende, gedankenvolle Farbe. Die Welt hat nun ihr Aussehen, ihren Charakter, so sieht sie aus; in unsern schönen Jugendjahren hat sie so ausgesehen, wir glauben daran, denn wir kennen nichts anderes. Mit welchem Glück denken die meisten Menschen an ihre Jugend: die Jugend schimmert ihnen grün entgegen, denn sie wurde im Wald am köstlichsten und spannendsten verbracht. Dann ist man groß geworden, und die Wälder sind auch älter geworden, aber ist nicht alles, was bedeutend ist, gleich geblieben? Wer ein Schlingel war in der Jugend, der wird immer eine kleine Note, ein kleines Abzeichen vom Schlingel durchs ganze Leben tragen, und so, wer schon damals ein Streber, oder ein Feigling war. Das Grün, das allmächtige Sommerwaldgrün vergißt weder der eine noch der andere; allen Lebenden, Sterbenden, Wachsenden ist es durch das ganze Leben unvergeßlich. Und wie schön ist das, daß etwas so Liebes, Freundliches so unvergeßlich bleibt! Vater und Mutter und Geschwister und Schläge und Liebkosungen und Flegeleien, alles mit dem einen innigen Grün umwunden!

Wie viele fremde Handwerksburschen sind nicht schon singend und pfeifend und mundharfenspielend durch unsere Wälder gelaufen! Vor ihnen fuhr vielleicht so ein schweres, langes Fuhrwerk, und sie überholten es, weil es wahrscheinlich sehr langsam ging; dann begegnete ihnen vielleicht ein Milchwagen und später eine Gesellschaft von vornehmen Damen und Herren, und die fremden Burschen, vielleicht Norweger, grüßten leicht und freundlich, wurden gar wieder gegrüßt, weil sie stramme, hübsche Burschen waren, und gingen weiter. Was läuft nicht alles auf den Landstraßen, die durch große Wälder führen! Wie mancher Gendarm mag schon mit großer Mühe einen Landstreicher im dichten Wald voll Gestrüpp umsonst gesucht haben! Wälder lieben die Freiheit, und Freiheit, alles, was Freiheit heißt, das liebt den Wald! In früheren Zeiten mögen unsere Reisigen durch die Wälder gegangen sein, mit der Absicht im Herzen, nicht wieder, oder mit Ruhm und Reichtum beladen, zurückzukehren. Auch Frevel geschieht in Wäldern leicht, weil jegliche Freiheit und Ungezwungenheit im Walde ihren geschützten Platz findet. Aber ist der Wald schuld, daß Menschen im Walde Unrecht begehen? Der Wald verführt viel mehr zu unschuldiger Lust, als zu böswilligem, dunkelm Tun, das möge man nie vergessen. – Im Winter, wo die meisten Waldbäume kahl sind, wo die kalte Luft mit den dünnen Zweigen und Ästen spielt, empfindet man recht deutlich, was eigentlich ein Wald ist, was er darstellt, und worauf er beruht. Im Sommer, in dem Tumult von Farbe und Form, vergißt man sich und selbst ihn, in dem man doch wandelt! Man genießt, und der Genießende ist ein schlechter Beobachter, weil seine Sinne durch den Genuß befangen sind. Was ist das, ein Wald? Jedermann weiß es! Was ist es, was den Wald schön macht? Jedermann weiß es eigentlich nicht zu sagen. Jedermann sagt, es ist schön da, es gefällt mir, es läßt mich viel Leid vergessen, ich begehre gar nicht zu wissen, worauf des Schönen Schönheit beruht, auf was sich das Liebe des so Lieblichen stützt! – Der Wald weckt nur die Empfindung im Menschen, nicht den Verstand, keineswegs aber die Neigung zum Rechnen! Man kann aber auf schöne gedankenvolle Weise rechnen; ja, aber dieses Rechnen ist sogleich wiederum nichts als Empfinden, als Fühlen. Es ist ein dunkles Begreifen in jedermanns Herzen, warum der Wald so berauschend schön ist, und es will niemand, namentlich kein Empfindlicher, gern mit der lauttönenden exakten Sprache herausrücken. Wälder, durch die man gegangen ist, hinterlassen dem Herzen ein namenloses Gefühl der Hoheit und Heiligkeit, und solches Gefühl gebietet zu schweigen. »War es schön im Wald?« »Ja, o«, sagt man, »es war schön«, aber das ist auch alles.

Menschen, die leiden, besuchen gerne den Wald. Es ist ihnen, als litte und schwiege er mit ihnen, als verstehe er sehr, zu leiden und ruhig und stolz im Leiden zu sein. Der Leidende besucht gern das, was ihn mit der stolzen und freien Haltung des Leidens umfängt. Jedenfalls lernt er vom Wald die Ruhe, und er überträgt sie dann seinem Leiden. Leid will so gern schreien, sich ungebärdig benehmen. Der Wald ist den Leidenden ein Beispiel, eine Lehre, sofern er als ein ebenfalls Leidender kann empfunden werden. Und dies ist leicht; denn was schweigt und in seinem Schweigen doch Farbe und Bewegung zeigt, das leidet nach unseren Begriffen. Alles, was stolz und frei ist, das leidet, sagen wir uns. Was fühlt, oder zum mindesten: was lebhaft fühlt, das muß leiden! Der Wald fühlt, in ihm wohnt feine, tieflaufende Empfindung, er zeigt sich stolz, denn wenn er spricht, ist es nur freundlich und wohltuend. Der Leidende kann von ihm lernen, wie unschön es ist, durch seine grämlich-klagende Gegenwart andern früh das Leben zu verbittern, sie mit unnützen Ahnungen voll Trauer zu belasten. Dann wird dem, der leidet, so wohl im Wald. Er sieht und fühlt sich umrauscht von ruhiger sanfter Freundlichkeit, er bittet der Welt sein unschönes, selbstsüchtiges Klagen ab, und weiß zu lächeln mit seinem Leib. Ist sein Leiden ein tiefes, nun, um so tiefer und bedeutender und zarter wird auch sein Lächeln. Er meint, freundlich sterben zu können, hier, wo ihm alles Schnöde, Treulose, Wüste davonstirbt. Süße, süße Wonne des Vergessens umfängt ihn, lächelt mit ihm, weist ihn auf ein noch tieferes, edlergeborenes Lächeln! Und er wendet es an, und es will fast von selber kommen, es ist mehr im Herzen als auf den Lippen, und er empfindet plötzlich eine Art Glück, die mit der Art seines Leidens wunderbar schön übereinstimmt. Sein Glück küßt sein Leiden. Dann sagt er sich: »Siehe da, mein Leiden, das ist ja mein Glück; das lerne ich vom Walde, wie lieb, wie lieb bist du, Wald!« Der Wald leidet mit den Leidenden, das bilden sich alle, die leiden, gern ein, und sie finden, daß ihre Einbildung sie nicht betrogen hat. Im Wald rauscht Wahrheit und Offenheit, und diese beiden leiden. Dann hat der Leidende im Wald noch das schöne Gefühl, das vielleicht das schönste und zehrendste ist von allen, die er haben kann: der Wald fließt, er ist ein grünes, tiefes Davonfließen, Davonlaufen, seine Zweige sind seine Wellen, das Grün ist das liebe feuchte Naß, ich sterbe und fliehe mit dem Naß, mit den Wellen. Ich bin jetzt Welle und Naß, bin Fließen, bin Wald, bin Wald selber, bin alles, bin alles, was ich je sein und erreichen kann. Nun ist mein Glück groß. Glück und Leid, das sind innige Freunde. Ich werde nun nie mehr eines Leides wegen unfreundlich oder gar zornig sein. Es gibt so viele Anwandlungen, die so gut zu vermeiden wären, und Zorn vermeidet der wahrhaft Leidende. Nur der Wald hat mich wahrhaft leiden gelehrt.

Knabe und Sängerin! – Die Sängerin fragte den Knaben: Liebst du den Wald? Der Knabe antwortete: Ich gehe oft zum Wald hinauf. Er liegt auf dem Berge. Zuerst kommen Wiesen, und auf den Wiesen stehen vereinzelte Bäume. Das war wohl auch einmal Wald. Es muß alles, alles einmal Wald gewesen sein, ich fühle und sehe es lebhaft. Ich komme zum Wald, aber er will mich ja nicht, er flieht mich. Warum liebt er mich nicht? Ich, ich liebe ihn so sehr. Ich will in ihn hineindringen, will ihn haben, will, daß er mich habe, ganz, so wie ich bin. Aber er stößt mich zurück, ich sehe es ja. Ich darf nicht mehr vorwärts, ich habe so Angst. Warum muß ich Angst haben? Warum muß er mich fortstoßen? Ich habe so Sehnsucht nach ihm, so sehr Sehnsucht. Warum ist das so? Warum muß es mich zu ihm hindrängen, hineindrängen, und warum treibt es ihn von mir fort? Warum? O er schlägt mich, wenn ich ankomme. Darum gehe ich selten, denn die Streiche tun weh. Aber es tut noch viel mehr weh, nicht gehen zu dürfen. Ich muß immer denken, er sei doch lieb, sei es doch noch am Ende, und ich täusche mich bloß. Dann gehe ich wieder, und dann peitscht er mich wieder zurück, dann springe ich wieder den Berg hinunter. Ich habe geglaubt, er sei lieb am ganz frühen Morgen, noch bevor eine Sonne da sei, aber es war nicht so. Er tat nur noch wütender. Meine Sehnsucht nach ihm wird immer größer. Könnte ich sterben. Meine Sehnsucht, die wächst immer, die wird groß, sie ist bald stärker als ich. Alsdann kann ich vielleicht sterben! Ich wünsche es nicht, und doch möchte ich es, aber ich möchte noch viel lieber das Andere: ihm nahe kommen. Ihm, der so bös ist, der mich fortjagt, mich, der ihm doch nur schmeicheln möchte. So grausam, so grausam ist er, und so lieb muß ich ihn haben! Einmal, es war Nacht, und er schlief, da kam ich hinein, da sang ich vor Freude! Da erwachte er und schlug mich schrecklich mit seinen Ästen. Seitdem bin ich nur noch draußen gestanden. Ich sehe ihn von weitem an, und er mich, mit so drohenden Augen. Was habe ich ihm getan? Was sieht er an mir? Ich will sterben mit meiner Liebe zu ihm. Ich will ihn nun nicht mehr sehen. Ich gehe nie mehr. Das tötet mich schon, wenn ich nie mehr zu ihm gehe. Vielleicht bin ich ja nachher bei ihm und bei ihm drinnen. Ich glaube es. O wie ich mich darauf freue! Ich habe jetzt fast keine Sehnsucht mehr. Warum auch noch welche haben? Ich mag mich weiter nicht grämen. – Der Knabe hatte die Augen voll Tränen. Die Sängerin, die mitweinte, legte den Kopf des unglücklichen Knaben sanft in ihren Schoß, schloß ihn fest mit den schönen Händen und weinte auf ihre Hände. Der Knabe weinte in der Sängerin Schoß hinein. Dann beugte sich die liebe Sängerin herab und küßte den Knaben. Sie nahm seinen Kopf zwischen ihre Hände und küßte ihn so.

Ist der Wald poetisch? Ja, das ist er, aber nicht mehr, als alles andere Lebendige auf der Welt. Besonders poetisch ist er nicht, er ist nur besonders schön! Von Dichtern wird er gern aufgesucht, weil es still ist darin, und man wohl in seinem Schatten mit einem guten Gedicht fertig werden kann. Er ist viel in Gedichten, der Wald, deshalb glauben gewisse, sonst gänzlich poesielose Menschen, ihn als etwas besonders Poesievolles verehren und beachten zu müssen. Beachtet und notiert ihn euch immerhin! Der Wald bleibt deshalb ganz ebenso unbekümmert und frisch Wald. Nichts auf der Erde hat be-

sondern poetischen Wert, man liebt nur vielleicht das eine mehr als das andere, gibt diesem im Herzen einen kleinen Vorzug vor dem andern, ohne dabei ernstlich etwas denken zu wollen. Die Poeten, das ist sicher, lieben den

Wald, die Maler auch, das ist ebenso sicher, und alle braven Menschen, besonders aber Liebende! Den Wald liebt man am Wald, nicht das Poetische daran. Sagt doch, wo, an welchem Punkt oder Zipfel fände man es? Es ist gar nicht da, dieses dumme Ungeheuer! Schön ist nichts von vorneherein! Jeder muß selbst gehen, und es als schön und köstlich empfinden lernen. Kommt er mit einem Schädel voll grinsender Poesie hinein, nämlich in das Schöne, so registriert er vielleicht etwas in sein klassisches Notizbuch, aber er geht als ein alberner, fühlloser Tropf am Süßen und Angenehmen vorbei. Sinne haben und Sinne aufzutun wagen, das dichtet schöne Waldlieder, malt herrliche Waldbilder. – Ich wende mich besonders an hochlöbliche Künstler- und Dichterkreise, wenn ich folgende kleine Geschichte knapp erzähle: Es waren einmal zwei junge Maler, die frisch in der Welt herumwanderten, mit der Absicht, ihre Skizzenbücher voll nach Hause zu tragen, um zeigen zu können, daß sie fleißige Kerle seien. Gut, soweit sind wir! Da kamen sie eines Abends an einen schönen Wald. Am Waldrand blieb der eine, nämlich der Klügere, behutsam und ergriffen stehen, staunte das Schöne an, während der andere, mehr ein Streber und Schaffer, als ein Fühler, mitten ins Waldesdunkel hineinsprang, nicht gerade, um es zu essen, sondern, um es zu studieren. Es ging ihm aber schlecht. Denn als er nun dem Dunkel so ins direkte Antlitz schaute, selber eigentlich schon vom Dunkel aufgefressen, fand und sah er es gar nicht! Natürlich, denn im Dunkel selber hat man keinen Eindruck mehr eben des Dunkels. Da stand nun der Kerl und konnte die Poesie, nämlich das Waldesdunkel, nicht erschnappen! Schöne Schlappe! Als er ganz blöde und dumm herauskam, hatte ihn der Kluge bereits tüchtig ausgelacht und überdies mit einer vortrefflichen Studie, die er vom Wald klar und einfach entworfen hatte, überholt, was den naseweisen Dickkopf nicht wenig ärgerte. Da weinte er vor Neid über des andern schöne Studie, die ihm entgangen war, und wird wohl noch immer weinen, denn solche Tränen trocknen nicht schnell. Das ist die Geschichte. Ich hoffe, sie bewirkt Gutes.

Ich führe meinen Leser, wenn er es gestattet, noch in ein Zimmer. Die Lampe ist angezündet, die Vorhänge sind vorgezogen, und um den kleinen runden Tisch sitzen drei junge Menschen: zwei Jünglinge und ein Mädchen. Einer der Jünglinge, der Fröhlichere, sitzt eng an das Mädchen gedrängt, die seine Geliebte scheint und auch ist. Der andere sitzt gedankenvoll, eine Zigarette rauchend, allein, den beiden gegenüber. Das Mädchen, ein hübsches lebhaftes Kind, hat das kleine geistreiche Köpfchen träumerisch der Brust des Geliebten entgegengesenkt. Nun spricht es: Wie wundervoll war es im Wald. Ich habe noch die Augen voll von dem flimmernden, tanzenden Grün. Ich kann es nicht weg bringen. Was ist doch Grün für eine herrische, unvergeßliche Farbe. Warum sind die Wälder grün, warum gibt es Wälder? Es sollte alles ein rauschender Wald sein, ja die ganze Welt, der ganze Raum, das Höchste, das Tiefste, das Weiteste, alles, alles, das sollte ein Wald sein, oder (hier senkt es die helle Stimme) dann Nichts! – Nun schweigt es, und der Fröhliche sucht die Erregte zu beschwichtigen. Er tut es nicht zart genug. Das Mädchen, ganz von seinem Gedanken ergriffen, sagt: O so sollte es sein! Warum denn nicht so? Muß es verschiedene Dinge geben? Warum kann denn nicht alles nur eins sein? Ein Strom, ja, sagt jetzt plötzlich der Gedankenvolle, der bis dahin geschwiegen hat. Sage es, o sage es, sprich es aus, fleht die Neugierige, sprich, was meinst du? – Ich meine, sagt der Schweigsame, daß, ohne daß es zu scheinen braucht, oder daß es deutlich zu sehen ist, alles ein Strom ist, ein fortfließender, ewig wiederkommender Strom. Und dann ein nie wiederkommender! Wald, was ist das? Das streckt sich über Ebenen, geht Berge hinauf, springt über Ströme, springt Berge hinunter, füllt Täler aus, und das sollte keine Herrschaft haben? Es geht tief in die blauliegenden Seen, es spielt mit den Wolken, es liebt die Lüfte, und es flieht vor uns Menschen. Es kann den Zug und Atem der Menschen nicht aushalten. Wir denken, und das frei Schwebende haßt und verachtet das Denken. Dann wieder ist es uns nah, wir dürfen es lieben. Wir sehen, wie es sich in den Spiegel der Seen hinabwirft, wie es spielt mit dem Himmel, wie es Meer, Sturm, Wirbel und Strom wird. Dann werden wir selber so etwas Fortströmendes. Nun sind wir im Gange, und keine ruhige Stelle ist mehr in unserem Herzen. Jetzt lieben wir auf einmal, und es ist eine Liebe, die in alles hineinwühlt, die alles niederreißt, um alles neu, neu aufzutürmen. Wir werden Baumeister, und wir nehmen die Wälder zum Muster für künftige Bauten. Das soll so stolz und herrlich stehen wie ein Bergwald – da zerfällt es. Denn es ist etwas Kleines, ganz Kleines da, über das das Gigantische hat stolpern müssen. Da liegt es, und schön, schön ist es im Liegen. Da stirbt es, gute Nacht! – Er schweigt und weint. Das Mädchen reicht ihm über dem

Tisch die schmale, zitternde Hand. Er drückt sie innig an seine Lippen. Das Mädchen sieht den andern, den Fröhlichen, der es davon hat abhalten wollen, groß und merkwürdig an.

Es ist mir, wenn ich diese Blätter überdenke, als sei ich noch zu keinem eigentlichen Schluß gekommen, als fehle noch sehr viel, als hätte ich mehr in wenigeren Worten sagen sollen. Es quält mich, und wahrhaftig, wäre der quälende Gegenstand nicht etwas so Schönes, ich ließe mich kaum abhalten, dem Lästigen stramm den Rücken zu kehren. Über etwas Schönes exakt und bestimmt schreiben, ist schwer. Gedanken fliegen um das Schöne wie trunkene Schmetterlinge, ohne zum Ziel und festen Punkt zu kommen. Ich wollte mich ausschütten, aber da habe ich einsehen gelernt, daß Ausschütten in der Kunst des Schreibens ein fortwährendes Ansichhalten verlangt. Ich wollte den Wald sich mächtig ausbreiten sehen, wollte ihn, einem Riesen gleich, die Glieder spreizen und dehnen lassen, um ihn dann, sanft ablaufend, bis zu dem Punkt zu verfolgen, wo er wieder hätte die liebe, einfache Gestalt annehmen müssen, die wir an ihm kennen und schätzen. Da verflatterte er sich, trat bald groß und herrisch und bald klein und gemütlich auf, schimmerte bloß, an-

statt zu bestimmen, machte nichts weiter aus sich, enttäuschte mich sehr, der ich ihn gern als ein wildes, einflußreiches und umgestaltendes Ding erblickt hätte. Wald ist nun wieder ein einfacher Wald, hat seine Waldwege und Waldbäche, ist erfüllt mit Gesträuchen, mit allerhand Geflitter, Netzen und Tieren und Geschrei von Kindern und Lachen von Herren und Damen, welche ihn zum Spazieren erwählt haben. Er ist sanft und geduldig und lieb mit den Menschen. Er ist ein sehr stiller Geselle, dessen Farbe allerdings den Eindruck des Übermütigen erweckt, aber er selber ist fern von Überhebung. Phantasten lieben es bloß, sein Bild zuweilen etwas zu verzerren, vielleicht nur, um es liebend nachher wieder zusammensetzen zu können. Der Phantast, o was für ein Kerl ist er! Dem will gleich alles als ein anderes und viel Wilderes erscheinen. Der schweift ab, nur um überhaupt die Genugtuung zu haben, abgeschweift zu sei. Ich liebe ihn nicht, und wenn er selber in mir sitzt, dann noch viel weniger, denn dann könnte ich ihn sogar hassen. Er übertreibt alles, und er macht Lücken, wo er in eine Sache liebevoll und innig eingehen sollte. Er besitzt keine Ruhe, also auch nicht die Aussicht, jemals zur Ruhe und zur Reife zu gelangen. Nein, ihn liebe ich nicht, aber ihn, den Wald, den liebe ich von ganzer Seele. Liebe ist immer in ihren Schritten und Zeichnungen unsicher. Ich kann nicht so ganz ruhig beschreiben, wie es nötig ist, was ich liebe. Vielleicht lerne ich diesen Streit der Empfindungen noch bändigen. Ruhe, o wie schön ist sie; Ruhe und Wald sind ja eins! Das habe ich gewußt, und ich habe vielleicht gefehlt, wenn ich es dennoch unternommen habe, mit solcher Unruhe die Ruhe, den Wald zu beschreiben. Nun sage ich dem Wald aus dem Versteck aller meiner besten Gedanken lebewohl. Ich muß es. Daß der Wald so fest, so groß, so weitverbreitet, so mächtig, so stark und so voll Pracht ist, freut mich; ich wünsche den Menschen das gleiche.

Nachwort

»Hochgeehrter Herr... Ich bestätige höflichst mein Schreiben von gestern, und frage Sie hierdurch in Bezug auf dasselbe an, ob Sie mir gegen Aushändigung meiner sämtlichen, bisherigen schriftstellerischen Arbeiten (Dramen, Prosa, Gedichte) eine kleinere Summe Geld (M 200,—) geben könnten. Ich bin momentan leider in etwas mißlichen Geldumständen, die gewiß nicht lange andauern werden. – Wenn Sie die Herausgabe meiner Arbeiten zu bewerkstelligen geneigt sind, bitte ich Sie höflichst, mir dies anzuzeigen, und mir, wo immer möglich, gewünschten Betrag schicken zu wollen ...«
Das Erstlingsbuch – so begann es damit. Am 6. Januar 1902 schrieb Robert Walser an den Insel Verlag in Leipzig, mit dem er schon durch seine Beiträge zur Zeitschrift »Die Insel« – Gedichte, vier Dramolette, kleine Geschichten – in Kontakt war und wo er unter den Gründern und Gesellschaftern Gönner hatte: Alfred Walter Heymel, Rudolf Alexander Schröder, Otto Julius Bierbaum. Er schrieb aus Berlin, genauer aus Charlottenburg, damals noch Vor-

ort. Zweifellos war er bei seinem Bruder Karl, dem Maler und Graphiker zu Besuch, »Pestalozzistraße 92 a II, bei Frau Bitter«. Das Geld ging ihm wieder einmal aus – Geld, das er daheim in der Schweiz, in Zürich oder Thun oder Solothurn im Kontor irgendeiner Fabrik oder Bank verdient und gespart hatte. Robert Walser, Dichter und Kommis, gebürtig aus Biel, Kanton Bern (1878), heimatberechtigt in Appenzell-Außerrhoden, zweitjüngstes von acht Kindern des Buchbinders und Papeteriewarenhändlers Adolf Walser und seiner Frau Elisa, einer Schmiedstochter aus dem Emmental.

Sein älterer Bruder Ernst (später Sekundarlehrer, dann früh als Schizophrener hospitalisiert) hatte ihn in stürmischen Jugendjahren – vermutlich – in seiner literarischen und musischen, vor allem auch schauspielerischen Begeisterung bestätigt und gefördert. Karl Walser, der nur ein Jahr ältere, war sein bester Freund und Spielgenosse gewesen, jetzt sein Vorbild geworden im geschickten und selbstbewußten Aufbau einer künstlerischen Existenz. Robert Walser selber war anders, war vieles auf einmal: ein selbstgewisses jugendliches Genie und ein armer, unsicherer Zögerer, ein weltfremder, von Stimmungen hin und her gerissener Phantast und zugleich ein franziskanisch bescheidener Diener, ein übersensibler, Psychopathisches in sich tragender Außenseiter und ein kühner, genauer Beobachter, charmanter Spötter und Spaßmacher.

»Ich gestatte mir«, schrieb er, längst wieder in der Schweiz und in Stellung, am 4. November 1903 an den noch immer zögernden Leiter des Insel Verlags, »Ihnen unter Hinzugabe einer Karte von Franz Blei, die unten verzeichneten Werke von mir mit der höflichen Anfrage zu unterbreiten, ob Sie event. geneigt wären, ein Buch davon herauszugeben. Ich glaube, daß bei einfacher Ausstattung das Buch seinen Absatz schon finden wird & sehe gern ihren gefl. Meinungsäußerungen hierüber entgegen ...«

Die Liste enthielt das meiste, was Walser bis dahin geschrieben hatte, Gedichte, Prosa, Dramatisches, alles neben und zwischen den vielfach wechselnden, oft nur aushilfsweisen Anstellungen als Schreiber und Handlungsgehilfe entstanden. Auch »Fritz Kochers Aufsätze« sollten mitaufgenommen werden. Die hatte er im Frühjahr 1902 in Zürich verfaßt. Deprimiert und an seiner Hoffnung, als Schriftsteller leben zu können, verzweifelnd war er damals schon von seinem dritten Besuch in Berlin zurück zu seiner Schwester Lisa geflüchtet, die Lehrerin in einem Dorf am Bieler See war, hatte sich dann aber vermutlich von Josef Viktor Widmann, seinem Entdecker und ersten Förderer, aufrichten und ermutigen lassen und war wieder nach Zürich gezogen. Er nahm ein Zimmer in der Altstadt, in der Spiegelgasse, wo einst Lavater gelebt hatte und Georg Büchner gestorben war, wo später Lenin wohnen und 1916 das »Cabaret Voltaire«, die Keimzelle des Dada, gegründet werden sollte. Ab Ende März erschienen »Fritz Kochers Aufsätze« bereits im Sonntagsblatt des »Bunds«, der Berner Tageszeitung, die in Widmann ihren bedeutenden Feuilletonredakteur und Literaturkritiker hatte, in der auch 1898 Walsers allererste Veröffentlichung, einige Gedichte, gedruckt worden war.

»Als der damals blutjunge schweizerische Poet Robert Walser in unserem Sonntagsblatte vor zwei Jahren seine den Stil eines begabten Sekundarschülers nachahmenden Skizzen erscheinen ließ, die er für nachgelassene Aufsätze eines früh verstorbenen Knaben ausgab, da schüttelten viele Leser bedenklich ihre Häupter und konnten die Aufnahmen dieser Arbeiten dem Redakteur höchstens unter der Voraussetzung verzeihen, daß auch er selbst an die Existenz des früh verstorbenen ›Fritz Kocher‹ ge-

glaubt und es vielleicht für eine Pflicht der Pietät gehalten habe, solche Schreibereien eines ›in der Tat begabten Knaben‹ als pädagogisch und psychologisch interessante Dokumente von der Veröffentlichung nicht auszuschließen. Aber auf ›Fritz Kochers Aufsätze‹ ließ Robert Walser – ebenfalls in unserem Sonntagsblatte – Einzeldarstellungen unter den Titeln ›Der Commis‹, ›Der Maler, ›Der Wald‹ folgen, zu deren Autorschaft er sich selbst bekannte und die jenen angeblichen Aufsätzen in der studierten Schlichtheit der Diktion durchaus ähnlich waren. Und stärker wurde das Schütteln der Häupter, der schönlockigen sowohl als der zahnbürstchensteifen und der rattenkahlen. Am meisten aber ärgerte manche Leser, daß sie diese Sachen, obschon sie sie ›absurd‹ fanden, doch immer zu Ende lesen mußten. Es lag etwas Suggestives in Walsers Art, seine eigentümlichen Gedanken so ohne Hast und Nachdruck fast wie sanft gleitende Billardbälle auf grünem Tuch hervorrollen zu lassen. Und ein Traumzauber umfing den Leser mit der Ahnung von etwas ganz nahe vorübergeschwebten Schönen.« (J. V. Widmann im »Bund«, Bern, 9. Dez. 1904, Nr. 344).
Der Buchplan, in den diese Texte nun miteinbezogen wurden, veränderte sich noch mehrmals. Bald ist in der Korrespondenz von der »Her-

ausgabe lediglich eines Prosabuches« die Rede, dann wieder wünschte Walser »*Gedichte ... mit* in den Band aufgenommen, sie werden mit Prosa in freier schöner Weise vermischt, was dem Buch Lebendigkeit geben muß ...«. Karl Walser soll mit Illustrationen, auch in der Auswahl der Schrifttype, bei der Bestimmung von Format und Einrichtung beteiligt sein; Proben und Entwürfe werden bereits zwischen Leipzig, Zürich und Berlin hin- und hergereicht, die Reihenfolge der Texte fixiert und wieder verändert. Im Mai 1904 wird wieder von einem möglichst großformatigen Sammelband mit allen bisherigen Arbeiten Robert Walsers geschrieben, im Juni schlägt der Verlag vor, erst einmal die Prosa, dann die Gedichte und schließlich die Dramolette in je separaten kleineren Bänden vorzulegen. Der Autor, vom Bruder beraten, gibt schließlich nach und schränkt auch die Prosaauswahl noch ein (an den Insel Verlag, 12. Juni 1904):

»Wollen Sie folgendes für den Prosaband acceptieren?:

1. Fritz Kochers Aufsätze
2. Der Commis
3. Ein Maler

eventuell 4. Der Wald

... Der Umfang der Aufsätze ist überaus leicht

abzuschätzen, da dieselben, wie Sie wohl schon werden bemerkt haben, alle in Abschnitten *von ganz genau* derselben Länge geschrieben sind. Man kann also einen Abschnitt drucken lassen und darnach den Buchumfang genau ermitteln, den Platz für die Zeichnungen mitgerechnet.

F. K. Aufsätze hat	20 Abschnitte
Der Commis	10 Abschnitte
Ein Maler	15 Abschnitte
Der Wald	10 Abschnitte
zusammen	55 Abschnitte

Eventuell müßte man den ›Wald‹ weglassen, wenn es zu viel wäre, was ich aber kaum glaube.«

Nochmals werden Proben des Schriftsatzes diskutiert, dann liegen schon Korrekturbögen vor, Karl Walser fertigt die illustrativen Zeichnungen und die Schriften für Titelei, Umschlag und Kapitelüberschriften an. Im November 1904 ist das Buch fertig. Der Autor findet es »sehr hübsch«.

»Sein erstes Büchlein, ein kokett elegantes Ding mit lustigen Zeichnungen des Bruders Karl Walser...«, schrieb Hermann Hesse fünf Jahre später. »Ich kaufte es damals auf sein nettes, originelles Aussehen hin und las es auf einer kleinen Reise... Zunächst schienen diese merkwürdigen, halb knabenhaften Aufsätze spielerische Abhandlungen und Stilübungen eines rhetorisch veranlagten jungen Ironikers zu sein. Was an ihnen auffiel und fesselte, war ihr gepflegt nachlässiger, flüssiger Vortrag, die Freude am Hinsetzen leichter, netter, lieber Sätze und Satzteile, die bei deutschen Schriftstellern erstaunlich selten gefunden wird. Es standen auch einige Bemerkungen über sprachliche Dinge darin. Zum Beispiel in einem sehr lustigen Aufsatz über den Kommis die Sätze: ›Beim Ansetzen der Feder zaudert ein tüchtiger Commis einige Augenblicke, wie um sich gehörig zu sammeln, oder wie um zu zielen wie ein kundiger Jäger. Dann schießt er los, und wie über ein paradiesisches Feld fliegen die Buchstaben, Worte, Sätze, und ein jeder Satz hat die anmutige Eigenschaft, meist sehr viel auszudrücken. Im Korrespondieren ist der Commis ein wahrer Schelm. Er erfindet im raschen Fluge Satzbildungen, die das Erstaunen von vielen gelehrten Professoren erwecken dürften.‹ – Neben dieser Koketterie und Redelust, diesem Spielen mit Worten und leichtem Ironisieren kam aber schon in jenem ersten Büchlein gelegentlich ein Aufleuchten von Liebe zu den Dingen, von wahrer, schöner Menschen- und Künstlerliebe zu allem Existierenden und warf über leichte, kühl helle Seiten rednerischer Prosa den warmen, innigen Schein der echten Dichtung.« Karl Walsers Zeichnungen nennt Hesse »originelle, sorglose, lustig krause Blättchen von großer Frische«, die in ihrer ganzen Art vortrefflich zum Buch paßten. (Sonntagsblatt der Basler Nachrichten, 5. Sept. 1909).

Diese Wiedergabe seiner ersten Entdeckung Walsers, zu dem er dann zeitlebens treue Zuneigung und Bewunderung bewahrte, belegt Hesses ungewöhnlichen Spürsinn. Denn das Buch »Fritz Kochers Aufsätze« brachte, so hübsch es war, seinen Autor kaum an die Öffentlichkeit – es leitete mit seinem Schicksal eher recht drastisch die später kaum je unterbrochene Serie von buchhändlerischen Mißerfolgen ein, als die sich Walsers schriftstellerische Karriere darstellen sollte. Ganze 250,– Mark Honorar hatten Zeichner und Autor zusammen für das Bändchen erhalten – Karl Walser konnte es sich leisten, auf einen Anteil daran zu verzichten. Als Walser im April 1905 Hoffnung auf ein ihm zugesichertes Nachhonorar von 100 Mark äußerte, das nach Absatz von 1000 Exemplaren gezahlt werden sollte, antwortete ihm der Verlag, »daß von 1300 Exemplaren der Auflage, die von dem Buch hergestellt wurde, bisher erst 47 Exemplare abgesetzt worden sind. Diese Zahlen bedürfen sicher keines Kommentars ...« (15. April 1905). Später erinnerte sich Walser, die restliche Auflage sei im Warenhaus-Ramsch gelandet. Von weiteren Veröffentlichungen wollte der Insel Verlag unter diesen Umständen verständlicherweise zunächst nichts wissen, und Walser wandte sich schließlich anderen Verlagen zu, die seine kommenden Bücher bereitwilliger, wenn auch nicht mit viel größerer Fortüne, in ihre Obhut nahmen.

So blieb das Erstlingsbuch – trotz Widmann und Hermann Hesse – so gut wie unentdeckt. Sein Autor führte noch zwei Jahre inkognito sein Wanderleben als Kommis weiter, bis er in Berlin, wiederum zunächst sich an den Maler-Bruder anlehnend, mit den rasch aufeinanderfolgenden Romanen »Geschwister Tanner«, »Der Gehülfe« und »Jakob von Gunten« endlich einen hoffnungsvollen Platz auf der literarischen Szene errang. Auch der Strom der Prosastücke – erzählerische Skizzen, Glossen, Feuilletons – begann hier munter zu fließen, eine freilich von anderen leicht verächtlich angesehene literarische Kleinware, die in den vielen Zeitschriften des Berliner Intelligenzbetriebs »unter dem Strich« zu erscheinen pflegte. Bald war sie Walsers einzige Existenzbasis: die drei Romane fanden doch nur recht beschränk-

te Verbreitung, andere Romanvorhaben scheiterten, sein Verleger Bruno Cassirer stellte die vorübergehend gebotene finanzielle Unterstützung ein. Aus Armut, Vereinsamung und psychischen Krisen floh Walser schließlich Anfang 1913 zurück in die Schweiz.
Es folgten sieben einsiedlerische Jahre in Biel, seiner Vaterstadt, Jahre, in denen er vor allem die Rolle eines zeitabgekehrten Idyllikers und naturfrommen Wanderers wählte und hundertfach in feinziselierten Berichten, Geschichten und Traktaten abspiegelte. Ein großer Teil seiner frühen und dann der Berliner kleinen Prosa war noch in Sammelbänden bei Kurt Wolff erschienen, ehe der Weltkrieg die Möglichkeiten der Veröffentlichung in Deutschland beschnitt und Walser sich für seine neuere Produktion auf Schweizer Zeitungen, Zeitschriften und Verlage angewiesen sah. Auch hier blieben seine neuen Bücher relativ erfolglos, seine Einnahmen kärglich – um 1918 mußte er wieder einmal an der Möglichkeit, sich als Schriftsteller zu erhalten, verzweifeln. Einen kleinen Roman, mit dem er erstmals wieder die größere literarische Form versucht hatte, zog er selbst zurück und vernichtete ihn.
1921 verließ Walser Biel, um in Bern eine Bibliothekarsstelle beim kantonalen Archiv ein-

zunehmen. Er gab sie schon nach wenigen Wochen wieder auf, blieb aber nun in dieser Stadt, die ihm Behagen und vielfältige Anregungen bot. Ton und Motive seiner Prosastücke wandeln sich wieder einmal, Urbanes verdrängt die Naturmythik, burleske Maskeraden, ein hintersinniges Spielen mit schwebenden Reflexionen und Assoziationsketten, kühne Montagen von Impressionen und Vorstellungsbildern treten hervor. 1922 entsteht auch wieder ein Roman, der indessen keinen Verleger findet und verlorengeht. Ein anderer Roman bleibt im Entwurf liegen. Aber die Prosastücke strömen nur so hervor, auch eine – freilich recht eigenwillige und provokante – lyrische Produktion beginnt wieder. Walsers Abnehmer sind in zunehmendem Maße Tageszeitungen, vor allem in Prag und Berlin. Die letzte Prosasammlung ist das von Rowohlt 1925 verlegte, von Hegner in Hellerau exquisit gedruckte Bändchen »Die Rose«, ein reizvolles Pendant zu dem Insel-Erstling, aber kaum erfolgreicher als jener.

Die zuweilen manische Produktivität Walsers, seine übermütigen Launen enthalten jedoch etwas nicht ganz Geheures, wie die hermetischen und manieristischen Züge seiner Berner Prosa. Tatsächlich lebt er, einsam wie immer und unruhig von Quartier zu Quartier wechselnd, am

Rande bedrohlicher Krisen dahin und gerät mehrmals schon in deren Schatten, ehe es 1929 zum Zusammenbruch kommt: Angstzustände, Halluzinationen, Unfähigkeit zu arbeiten, Suizidversuche. In die Anstalt Waldau bei Bern aufgenommen, wo man Schizophrenie diagnostiziert, setzt Walser bis 1933 noch in reduzierter Weise seine Arbeit fort, besucht auch die Stadt und das Theater hin und wieder, führt Korrespondenzen mit wenigen Partnern weiter. Mit der Verlegung in die Nervenheilanstalt Herisau seines Heimatkantons, die er gegen seien Willen erleidet, bricht das alles ab – er zieht sich in sich zurück, will nur noch anonymer Patient sein. Den Zürcher Kritiker und Literaten Carl Seelig, der sich von 1936 an mit großer Geduld und Treue seiner annimmt, akzeptiert er als Wandergenossen und Gesprächspartner wie als Sachwalter seines Werkes, das zu einem »Nachlaß bei Lebzeiten« geworden ist. Für die Erfolge von Seeligs nimmermüden Bemühungen um Neuausgaben, die ersten Ansätze zu seiner literarischen Wiederentdeckung, zeigt er jedoch, wie es scheint, kaum Interesse. Weihnachten 1956 stirbt Walser achtundsiebzigjährig auf einem Spaziergang, den er allein unternommen hat.

Vieles hat sich seither geändert: Ausgehend von

jenen ersten Neu- und Auswahlausgaben Carl Seeligs (1959 wurden auch »Fritz Kochers Aufsätze« darin erstmals wieder zugänglich) begann eine Robert-Walser-Renaissance, die dem so lange verkannten und übersehenen Außenseiter einen zentralen Platz in der deutschen Literatur des zwanzigsten Jahrhunderts einräumte. Man besann sich auf die enthusiastischen Urteile bedeutender Zeugen, die seinen Rang immer schon erkannt hatten: Franz Blei und Christian Morgenstern, Robert Musil und Franz Kafka, Oskar Loerke und Walter Benjamin, Max Brod und Stefan Zweig. Jüngere Autoren setzten sich der Faszination durch Walsers Prosa aus und bekannten sich zu seinem machtvollen Einfluß, Übersetzungen erschienen in immer mehr Sprachen. Literaturwissenschaft und Kritik begannen, dieses einzigartige Werk unter verschiedenen Perspektiven auszuleuchten und zu erschließen. Inzwischen liegen außer den »Sämtlichen Werken in Einzelausgaben« auch die in Walsers Nachlaß aufgefundenen Entwürfe vollständig entziffert vor (»Aus dem Bleistiftgebiet«, 6 Bände, 1985-2000). Eine Briefausgabe, Biographien und eine wachsende Sekundärliteratur ergänzen diese Editionen.

Diese Neuausgabe des ersten von Walsers insgesamt 15 Büchern und Büchlein – die nur einen kleinen Teil seines uns erhaltenen Werkes enthielten – führt den Leser an den Beginn zurück, an den Beginn einer unkonventionellen literarischen Wirkungsspur und einer sehr eigentümlichen künstlerischen Selbstverwirklichung. Josef Viktor Widmann, der jene erste Buchausgabe mit seiner schon zitierten Besprechung im »Bund« begrüßte, schrieb diesen »zarten und doch lebensvollen Offenbarungen eines unbeschreiblich fein und auf jeden Reiz reagierenden Gemüts« zwei mögliche Entstehungsgründe zu: »Der positive Entstehungsgrund, dem wir echte, nichtgekünstelte Naivität zugestehen, ist die große Lebensfreude an allem, was da ist... Als negativen Entstehungsgrund aber möchte ich die Abneigung Walsers vor der Phrase bezeichnen; was sage ich: Abneigung! ›Schrecken‹ müßte es heißen... Und dieser Schrecken vor dem rhetorischen Pathos hat den Dichter notwendig zu der schlichtesten Sprache geführt... Wie er diese nun sich beschaffte, wie mundgerecht sie ihm, dem noch ganz jungen Manne, von der nicht fernen eigenen Schulbank her liegen mochte, oder wie weit er sie schon zu suchen, wie künstlich er sie auszustudieren hatte, das läßt sich nicht leicht sagen. Ganz gewiß liegt im Stil des Büchleins

neben natürlicher Schlichtheit auch angestrebte Naivität, die sich stellenweise zu raffinierter Technik ausgebildet hat...«
Vom späteren Werk her zurückblickend auf diese erste Sammlung, wird man im Hinterfragen von Walsers Wortgespinsten weiter gehen müssen als der liebevolle Rezensent und Mentor Widmann. Nur Andeutungen dazu: Die fingierten Schulaufsätze Fritz Kochers sind das früheste Beispiel der später immer wiederkehrenden Rollenprosa bei Walser, eine erste Maskerade mit vage zu erahnenden autobiographischen Hintergründen. Ein aus etwa den gleichen Jahren stammender Dialogtext in Mundart (»Der Teich«), erinnernde Episoden in den Romanen »Geschwister Tanner« und »Jakob von Gunten« sowie ein Prosastück »Die Buben Weibel«, schließlich die späten »Felix«-Szenen enthalten Spiegelungen des gleichen Stoffs: Sehnsucht nach einem Identitätstausch, erträumte Flucht aus dem bedrückten und bedrückenden eigenen Milieu, Gewinnung der heiteren Weltläufigkeit und feinen Kultur des großbürgerlichen Elternhauses eines Freundes, vor allem aber auch der zärtlichen Mutterliebe, die dort waltet und die Walser selbst als Kind – schwerstes Trauma für sein ganzes Leben – entbehrte. Andererseits jedoch

Ironisierung und Kritik des bürgerlichen Milieus, Bloßstellung seiner ideologischen Beschränktheit und verborgenen Inhumanität, Absage und in der Karikierung Aufhebung seines kulturellen Zaubers. In »Fritz Kochers Aufsätzen« findet sich all dies noch in einem ambivalenten Schwebezustand, schillernd in den Bedeutungen und Bewertungen werden Sätze und Wendungen zu hübschen Bildern und Psychogrammen verkettet, gewiß mit mehr Raffinesse als echter Naivität. Ein launiges und originelles Kunstprodukt vor dem Hintergrund von Dekadenz und Jugendstil, ironisch-altklug, gebrochen und im Parodistischen doch wiederum frech progressiv – Robert Walser betritt die literarische Bühne mit einer Leistung von stupender Sensibilität, die so zeitgemäß ist und offenbar doch die Zeitgenossen überfordert hat. Zum Wortspiel, zur Sprachreflexion darf man nicht vergessen: Robert Walser war Schweizer, hatte in Biel nur bis zum vierzehnten Lebensjahr die Sekundarschule besucht und dann eine Banklehre angetreten; er dachte und sprach zweifellos in Mundart – das Schriftdeutsche war fast eine Fremdsprache für ihn, erarbeitetes und reflektiertes Medium des Ausdrucks.

Die übrigen Texte des Bandes, sicher im zeitlichen Anschluß an »Fritz Kochers Aufsätze«

entstanden, zeigen bereits Walsers Vielgesichtigkeit, Verwandlungsfähigkeit. Im »Commis« – er eliminierte noch beim Satz des Buches das »K«, das Wort sähe »mit K. zu klotzig aus, wie mir scheint« – wird seine reale Alltagsumwelt des Kontors romantisiert, karikiert, zum Anlaß für eine desparat artistische Wortübung gemacht. Erst später, aus der Erinnerung, liefert er realistisch treffende und bitter satirische Moment- und Schicksalsbilder dieses typischen Berufsfeldes, in dem ihm so viel »Welt« begegnete. »Der Maler«, erstes von etlichen Künstlerprosastücken, schwelgt in spätromantischem Geniepathos und melancholischer Kunst-Leben-Antinomie. Aber wer auf das sprachliche Detail achtet, bemerkt – zumal wo es ins Manieristische übergeht – auch hier die Aufhebung der Klischees, die Walser aus dem Fundus des 19. Jahrhunderts übernimmt. Hier schlägt das gemeinte Raffinement ins Naive um, die Künstlernovelle gerät zum Märchen, ältere Muster heben sich durch und geben dem Text paradoxerweise eine jüngere, modernere Note. »Der Wald« schließlich, Thema mit mehrstimmigen Variationen, schlägt wiederum ein Grundmotiv von Walsers Denken, Träumen und Schreiben an: die Auseinandersetzung mit der beseligenden und Erlösung verheißenden,

aber in ihrem Gegensatz zur Kulturwelt bedrohlichen, das Menschliche in der Aufhebung vernichtenden Natur – keine Idylle hier, wie sie Walser später, vor allem in der Bieler Zeit, sehr kunstvoll zu rekonstruieren versuchte, sondern Mitteilung vom berauschenden Elementaren und fromme Beschwörung, sanfte Heiligung. Nicht sentimental ist diese Naturbeziehung, sondern tragisch-sentimentalisch: sehnsüchtiges Bewußtsein vom verlorenen Paradies.
Dimensionen, thematische Beziehungen, tiefe Spannungen sind hier abgesteckt – Programm für ein ganzes, in dreißig weiteren Jahren geschaffenes Werk. Andererseits ist dieser Keimling nichts weiter als ein hübsches kleines Buch, sorgsam komponiert (man beachte die arithmetische Genauigkeit der äußeren Abmessung und Zahl der Abschnitte!) und liebevoll ausgeschmückt, dem Vergnügen, dem Genuß in der Lektüre bestimmt. Vor rund hundert Jahren zuerst erschienen, fand es einst nur wenige begeisterte Leser – einen, Hesse, haben wir zitiert. Dafür bewahrte es seine bezaubernde Jugendlichkeit für spätere Generationen, die es neu entdeckte.

Jochen Greven

Inhalt

Zeittafel

1878 Am 15. April in Biel geboren. Dort später auch Besuch der Primarschule und des Progymnasiums.

1892 Beginn einer Lehre bei der Bieler Kantonalbank auf Wunsch des Vaters.

1894 Tod der Mutter und des ältesten Bruders.

1895 Kurzer Aufenthalt in Basel. Später in Stuttgart als Angestellter der Deutschen Verlagsanstalt und des Verlages Cotta.
Wohnt bei seinem Bruder Karl.

1896 Fußmarsch über Tübingen, Schaffhausen nach Zürich.

1896-1904 Zürich, Bern, Thun, Solothurn, Winterthur, Wädenswil. Arbeitet als Angestellter bei der Unfallversicherung der Schweizerischen Kreditanstalt, einer Nähmaschinenfabrik, einem Elektrizitätswerk, einer Bank. Diener, Rekrut, Abschreiber in einer Schreibstube für Stellenlose, Sekretär eines Ingenieurs. Erste Gedichte durch Josef Viktor Widmann im »Bund« abgedruckt. 1899 in der Zeitschrift »Insel«.
»Fritz Kochers Aufsätze« erscheinen 1904, illustriert von Karl Walser, als erstes Buch des Autors im Insel Verlag. Reise nach München. Lernt Wedekind, Dauthendey, Bierbaum, Schröder, Heymel, Behmer, Kubin, Graf Eduard von Keyserling kennen. Wandert von München nach Würzburg.

1905-1913 Berlin. Besuch einer Dienerschule. Diener auf einem Gut in Oberschlesien. Wohnt danach mit seinem Bruder Karl in Berlin-Charlottenburg zusammen. 1906 entstehen die Romane »Geschwister Tanner«, »Der Gehülfe«, »Jakob von Gunten«. Publikationen in den Verlagen Bruno Cassirer und Kurt Wolff. Krise und Rückkehr nach Biel.

1913-1920 Biel. Er lebt in kärglichen Verhältnissen und schreibt seine Prosastücke. Militärdienst.

1920-1929 Bern. Arbeit am kantonalen Archiv. Nach einem halben Jahr Lösung des Arbeitsverhältnisses wegen Streits mit seinen Vorgesetzten. Arbeit am Roman »Theodor«, der verlorengeht.

1929 Heil- und Pflegeanstalt Waldau bis 1933.

1933-1956 Heil- und Pflegeanstalt Herisau.

1956 Robert Walser stirbt am 25. Dezember auf einem Spaziergang.

Zu dieser Ausgabe

Der Text folgt der Ausgabe: Robert Walser, Fritz Kochers Aufsätze. Mit den Illustrationen von Karl Walser. Nachwort von Jochen Greven. Insel Verlag 1974 (insel taschenbuch 63). Das Nachwort wurde für die vorliegende Ausgabe aktualisiert.
Umschlagabbildung: *Félix Vallotton, Bildnis des jungen Delisle*, 1890, Ausschnitt

insel taschenbücher
im Großdruck
Eine Auswahl

Tschingis Aitmatow. Dshamilja. Erzählung
it 2323. 139 Seiten

Isabel Allende
- Das Geisterhaus. Roman
  it 2341. 740 Seiten
- Geschenk für eine Braut. Geschichten
  it 2384. 137 Seiten

Elizabeth von Arnim
- Elizabeth und ihr Garten. Roman
  it 2338. 216 Seiten
- Verzauberter April. Roman
  it 2346. 370 Seiten

Augustinus. Liebe und tu, was du willst
it 2382. 90 Seiten

Jane Austen. Verstand und Gefühl. Roman
Mit Illustrationen. it 2365. 618 Seiten

Emily Brontë. Die Sturmhöhe. Roman
it 2348. 598 Seiten

Annette von Droste-Hülshoff. Die Judenbuche. it 2405. 128 Seiten

insel taschenbücher
im Großdruck
Eine Auswahl

Epiktet. Wege zum glücklichen Handeln
it 2359. 232 Seiten

Epikur. Philosophie der Freude
it 2390. 136 Seiten

Max Frisch. Homo faber. it 2344. 298 Seiten

Johann Wolfgang Goethe. Ob ich dich liebe weiß ich nicht. Liebesgedichte
it 2396. 175 Seiten

Hermann Hesse
- Eigensinn macht Spaß. Individuation und Anpassung. Ein Lesebuch
  it 2373. 275 Seiten
- Jedem Anfang wohnt ein Zauber inne Lebensstufen. Ein Lesebuch
  it 2357. 281 Seiten
- Mit der Reife wird man immer jünger Betrachtungen und Gedichte über das Alter. it 2311. 191 Seiten

André Kaminski. Nächstes Jahr in Jerusalem. Roman. it 2334. 491 Seiten

insel taschenbücher
im Großdruck
Eine Auswahl

Marie-Luise Kaschnitz. Der alte Garten
Ein Märchen. it 2394. 288 Seiten

Ephraim Kishon. Zu Auskünften stets bereit. it 2393. 130 Seiten

Wolfgang Koeppen. Die Erben von Salamis oder Die ernsten Griechen. Mit farbigen Fotografien. it 2401. 80 Seiten

Marcel Proust. Freuden und Tage
it 2370. 388 Seiten

Rainer Maria Rilke. Die Liebenden. Die Liebe der Magdalena. Portugiesische Briefe. Die Sonette der Louïze Labé. it 2366. 126 Seiten

Theodor Storm. Der Schimmelreiter. Mit Zeichnungen. it 2318. 180 Seiten

Martin Walser. Ein fliehendes Pferd. Novelle. it 2385. 200 Seiten

Oscar Wilde. Erzählungen und Märchen
it 2358. 385 Seiten